人文科普 —探询思想的边界—

Alain Corbin

[法] 阿兰·科尔班——著

付金鑫——译

青草图书馆

La Fraîcheur de l'herbe

一 部 情 感 的 历 史

Histoire d'une gamme d'émotions de
l'Antiquité à nos jours

中国社会科学出版社

图字：01-2019-0527号
图书在版编目（CIP）数据

青草图书馆：一部情感的历史／（法）阿兰·科尔班著；付金鑫译. — 北京：中国社会科学出版社，2020.2（2020.8重印）
ISBN 978-7-5203-5632-9

Ⅰ.①青… Ⅱ.①阿…②付… Ⅲ.①世界文学—现代文学史—文学史研究 Ⅳ.①I109.5

中国版本图书馆CIP数据核字(2019)第246578号

《 LA FRAICHEUR DE L'HERBE 》
by Alain Corbin
© Librairie Arthème Fayard, 2018
Current Chinese translation rights arranged through Divas International, Paris
巴黎迪法国版权代理(www.divas-books.com)
Simplified Chinese translation copyright 2020 by China Social Sciences Press.
All rights reserved.

出 版 人	赵剑英
项目统筹	侯苗苗
责任编辑	侯苗苗　桑诗慧
责任校对	韩天炜
责任印制	王　超

出　　版	中国社会科学出版社
社　　址	北京鼓楼西大街甲158号
邮　　编	100720
网　　址	http://www.csspw.cn
发 行 部	010-84083685
门 市 部	010-84029450
经　　销	新华书店及其他书店
印刷装订	北京君升印刷有限公司
版　　次	2020年2月第1版
印　　次	2020年8月第2次印刷
开　　本	880×1230　1/32
印　　张	8.5
字　　数	168千字
定　　价	56.00元

凡购买中国社会科学出版社图书，如有质量问题请与本社营销中心联系调换
电话：010-84083683
版权所有　侵权必究

草和我们很相像：无论是在都市街道还是路堤的两侧，随处可见草的踪影。我们的记忆也如同一片广袤的草原，那里的小草就惬意地生长在我们所经过的路上。小草与我们很类似，因为它们生生不息，但从未丢弃草的身份。它有着对希望的执着和遗忘的深沉。风爱着这抹绿，将它吹向漫山遍野。就像是，当我们在无常的日子里随风逐浪时，脑中闪过并最后被写下的词句。

——雅克·莱达《坡上草》封底，1984

　　我们可以对一棵小草的故事投以巨大的热情。

——福楼拜致路易斯·科莱特，1854年4月22日，《书信集》，伽利玛出版社，七星丛书，第二卷，1980，第557页

序

这本书介绍的就是草,这位"云朵的绿色姐妹"的历史,兰波曾将其称作"草原上的大键琴"¹。在西方,草自古以来就在许多关于田间劳作的书籍中被颂扬,在田园诗与牧歌中,草也得到了不少美誉。随着时间的推移,人们对草的情感也表述得越发细腻。对草的渴求以及踏遍草原、迷失于高高的草丛中、在草地上休憩并酣然入梦的愉悦之情都被精妙地表达出来:老普林尼[1]、普鲁塔克[2]、龙沙[3]还有浪漫派作家以及现代著名诗人都对"青草地"有着眷眷之情。他们将自己视作草原,向人们讲述第一眼看到形

---

[1] 盖乌斯·普林尼·塞孔杜斯(Gaius Plinius Secundus, 23—79),常称为老普林尼或大普林尼,是罗马作家,自然主义者和自然哲学家,罗马帝国的军队指挥官。全书注释分作者注与译者注,作者注以 1.2.3.4……的形式出现,译者注是以脚注的形式出现。作者注可参阅文后尾注。
[2] 普鲁塔克(Plutarque, 约46—125),生活于罗马时代的希腊传记作家和散文家,以《比较列传》闻名于世。1559年,雅克·阿米欧(Jacques Amyot)将《列传》译为法文,1572年再将《小品》译出。这是最重要的普鲁塔克译本,最初的英文版本是根据法语版本翻译的。
[3] 龙沙(Pierre de Ronsard),法国诗人,被称为"诗人王子",文艺复兴时期法国诗歌文学的重要人物。1547年组建七星诗社。

态各异的草对记忆所引起的冲击，更有甚者，想将青草放进嘴里细细咀嚼一番。

上述地方都是青草生长的绝佳地。科唐坦半岛上就有类似树篱林地[1]的风光，我十分有幸在那里长大。每当我从家里出来，草便成了我最要好的伙伴：草地里色彩缤纷，这草和查理一世[2]时期的并无二致。雏菊、风信子与报春花开得漫山遍野。诺曼底的奶牛和辕马为当地的景色平添了几分生气，这些家畜的养殖户对这些草可是呵护备至。童年转眼即逝，再也没有在草地上打滚与赤脚踩着草地的乐趣了。此时的草便与友情和感情的经验积累联系在一起：寻找四片叶子的三叶草、调情的甜蜜还有男女那猛烈的云雨之事。此时，草已经与牧草、牧草的香气和沙沙声不可分离了。

草在我们文化中的形象正在发生着变化，如今它越来越像是一片模糊的绿色景观。因此，重新梳理草的历史显得更为重要：开满田野的花朵、人们收割庄稼的景象、搭建干草堆和使用如今已经淘汰的旧式机器的技艺、人与人之间的社交往来、与收割季相关的节日以及传统的干草运输方式，这一切都消失了。对草原的热爱所激起的种种强烈情感也在逐渐变淡。从今往后，会有越

---

[1] 树篱林地（Bocage），法国西部的一种特别风景，表示被树篱环绕的草地。
[2] 又称奥尔良公爵（Charles d'Orléans, 1394—1465），在1415年的英法阿让库尔战役中被俘，之后度过了长达25年的人质生活，最终被赎回法国。在这25年中他写出不少绝佳的诗歌作品。回到法国后，常在城堡中与各文人雅士交流切磋。

来越多的孩子远离青草，远离它所带来的欢乐。

草的历史已经翻开了崭新的一页，但人们对草的渴望却并没有因此消亡，相反，如今城市中的许多居民都想求得一寸绿荫，许多专家也正为此努力。对于他们而言，这意味着要以新的形式来赞颂小草，简言之，就是要为几个世纪以来小草所激起的情感史再添新的篇章。

目　录

第一章　草与初景　001

第二章　童年与回忆之草　029

第三章　草地体验　043

第四章　草原或"丰茂之草"　057

第五章　草地，一时的避风港　075

第六章　草中小世界　099

第七章　草比沉睡更甜美（勒贡特·德·利勒）　113

第八章　收割之馥：草上劳作与场景　131

第九章　高雅之草　139

第十章　白色大理石般的双脚在绿草上闪耀（拉马丁）　155

第十一章　草地，"欢愉"之地　173

第十二章　死亡之草（拉马丁）　187

后记　203

注释　206

阿兰·科尔班其他作品　242

译后记　246

第一章 草与初景[1]

第一份礼物就是草

和它们那一抹耀眼的绿,大地

给山丘穿上了绿衣:在所有的平原上

繁花似锦的草原绿光闪烁

---

[1] 初景此处指代世界最初时的景象。

草是本源的载体,它仿佛保留了世界最初的味道。不论以何种方式,只要童年时代和草有过接触的人,草便成了记忆中最初景象的一部分。伊夫·博纳富瓦[1]与草再次重逢之时便感受到了,他惊呼道:"此处就属于我,就是此地,别无他处。"¹草是人类梦寐以求并深深嵌入记忆中的事物。

草是自然界最早也是最长久的伙伴,自然它将置于万物的中心。我们常常会强调人与一棵小草很相似,用拉尔夫·爱默生[2]的话说就是"人与草之间的隐秘联系"²。当人们面对小草的时候,他一定会对自己说伊夫·博纳富瓦的这句话:"我就在属于我自己的土地之上。"³

草望着人类。⁴它对人说话,而这话语便是大自然的声音。⁵草是一种"形状统一[3]的象形文字"⁶,那些面对着绿草写作的人总会寻到一些像草一样简明的词语。它是诗意的来源,因为我们稍后会了解到,草的存在与非概念语言[4]相关。它承载着大地的秘密,是地上的书⁷,给人一种连通里外的幻象。这也是为什么在惠特曼看来,草就是艺术的最高荣耀⁸。

---

[1] 伊夫·博纳富瓦(Yves Bonnefoy,1923—2016),法国诗人、艺术批评家兼翻译,20世纪下半叶到21世纪初法国最重要的诗人之一。他最著名的翻译作品是莎士比亚的戏剧。
[2] 拉尔夫·爱默生(Ralph Waldo Emerson,1803—1882),美国哲学家、文学家、诗人。他于1836年出版《论自然》,在散文和诗歌上有着不小的贡献。
[3] 这里的象形文字就是指难以理解、无法解释的文字符号,这里是惠特曼对草的形容。
[4] 非概念语言(Langage non-conceptuel),指代草传送出的是一种情感语言,而不是客观观念或概念的语言。

在米歇尔·科洛[1]的理念中，草就是一种"情感事物"，许多作家的作品里总会不断称赞草的各种优秀品质。草使人想起柔嫩、明晰、干净与纯洁[9]。维克多·雨果在《心声集》[2]中就梦见过未被踩踏的小草[10]。在荷尔德林[3]眼中，和所有"无声纯洁的事物"一样，草是让人捉摸不透的[11]。

人们还赋予草许多其他品质，尤其是一种别样的纯朴。草简化了世界与思想，它是一种简单却又耀眼的力量，是一道"赫赫之光"。尽管小草柔嫩，但它象征着基础与根源。但更让人印象深刻的是它那与生俱来的清新感。这位"云朵的绿色姐妹"总会让人想要投入它那"温暖美妙的怀抱"中。我们可以感受得到，正如菲利普·雅各泰[4]所说，草"既严肃又欢乐，既活泼又沉默，既温和又勇猛"[12]。

一直以来，作家们也在赋予草许多精神价值。首先映入眼帘的就是它的坚韧、活力和冲破泥土禁锢的能力。让-皮埃尔·理查德[5]曾写道：草活力十足却又不紧不慢[13]。它之所以成为榜样，就在于它"从不放弃"，"一直做自己，从不动摇"。[14]托马斯·哈

---

[1] 米歇尔·科洛（Michel Collot），巴黎第三大学教授。
[2] 维克多·雨果发表于1837年的诗集。
[3] 弗里德里希·荷尔德林（Johann Christian Friedrich Hölderlin，1770—1843），德国浪漫派诗人和哲学家。
[4] 菲利普·雅各泰（Philippe Jaccottet），1925年出生于瑞士，作家、诗人、文学评论家和翻译。
[5] 让-皮埃尔·理查德（Jean-Pierre Richard），出生于法国马赛，作家、文学评论家。

代[1]将这种简单却又炫目的力量称作"不可遏制的生命力"15,在保罗·加登[2]口中,这种力量又变成了"草中汁液与胚芽的躁动""嫩茎的果敢"和"巨大的冲动"16。罗伯特·穆齐尔[3]小说《没有个性的人》中的林德纳教授就曾说道:"在人们没有锄草的地方,草长得遍地都是。"17此前,歌德曾对植物中蕴含的这种"沉睡的力量"赞不绝口,他认为这是大自然所造就的冲劲的效果。用谢林与赫尔德[4]的话来说,这是"宇宙灵魂"18造就的力量。

让·季奥诺[5]也对草的生命力交口称赞:草不断生长,再被割去,之后又再次生长,如同草在不断地复活。因此,草既是永恒的青春,也是永远的坟墓,它像泉水一样充满生机与活力。草可

---

[1] 托马斯·哈代(Thomas Hardy,1840—1928),英国小说家和诗人,他的小说多以乡村生活为背景,反映维多利亚时代下层人民的生活,作品带有现实主义色彩。
[2] 保罗·加登(Paul Gadenne,1907—1956),法国作家,曾经是文学老师,但不幸在1933年得上了肺结核被迫中断教学生涯。最后他在萨瓦地区的一家肺结核疗养院度过余生,那段时日促使他拿起笔,用简单的叙述方式营造沉重的气氛,以展现人的孤独和生活的困苦。
[3] 罗伯特·穆齐尔(Robert Musil,1880—1942),奥地利作家,他未完成的小说《没有个性的人》(L'homme sans qualités)常被认为是最重要的现代主义小说之一。
[4] 弗里德里希·威廉·约瑟夫·冯·谢林(Friedrich Wilhelm Joseph von Schelling,1775—1854),德国哲学家,是德国唯心主义发展中期的主要人物;约翰·戈特弗里德·赫尔德(Johann Gottfried Herder,1744—1803),德国哲学家、神学家、诗人和文学评论家;宇宙灵魂(Âme du monde),也称世界灵魂,从哲学上讲,柏拉图通常被认为是第一位提到宇宙灵魂的哲学家。他认为宇宙是一个生命体,有精神、灵魂与肉体,灵魂联系着精神和肉体。按照他的说法,正是这个灵魂控制着星球的运转,并以一种普遍的方式控制着宇宙和行星的所有周期。
[5] 让·季奥诺(Jean Giono,1895—1970),法国乡土与历史作家,由于自幼生活在普罗旺斯的马诺斯克,这个充满浓厚乡土气息的村庄便始终印在让·季奥诺的记忆之中,并深深地影响着他的文学创作。他的成名作是潘神三部曲(《山冈》《一个鲍米涅人》《再生草》)以及《屋顶上的轻骑兵》。

以让人感受到生命的气息[19]。弗朗西斯·蓬热[1]这样总结道："草以最基础的形式，表现了普遍意义的复活。"[20]

草之明净、沉默与摇曳将灵魂带入了一种幻梦、朦胧与宁静之中。[21]我稍后会提到这点。

草一般是绿色，绿色能让人睹物兴情，这么重要的颜色自然值得我们探讨一下。关于这一点弗朗西斯·蓬热[22]与菲利普·雅各泰[23]可谓是所见略同，蓬热写道："如今，我们的天性希望真理是绿色的。"菲利普·雅各泰则称人类在寻找绿色的真理，让我们来看他是如何说的："在所有的颜色中，绿色可能是最神秘最舒缓的颜色。是不是它在深处调和了日与夜？在绿的名称下，它象征着植物。"

自中世纪以来，人们常把草地比作绿色的绒布。为了让颜色更讨喜爱，人们对绿色做了无数次调配。基思·托马斯[2]指出，作为细致入微的情感分析师，人类天生就有品鉴绿草的能力，无论这种绿是亮绿，还是像草地一样永恒的绿，抑或是天堂般的绿。同样，草被践踏之后的酸楚之绿也会让人感到惋惜。[24]

在龙沙[25]看来，春天是"绿色的季节"。春来众卉新，绿景兴真情。维吉尔[3]的《农事诗》就着眼于对春天的描述。春天是重新

---

[1] 弗朗西斯·蓬热（Francis Ponge，1899—1988），法国诗人，出生于蒙彼利埃，第一次世界大战后加入共产党，与超现实主义人士来往密切。
[2] 基思·托马斯（Keith Thomas，1933—　），英国历史学家。
[3] 普布利乌斯·维吉利乌斯·马罗（Publius Vergilius Maro，前70—前19），又称维吉尔，是奥古斯都时代的古罗马诗人。其作品有《牧歌集》（*Bucoliques*）、《农事诗》（*Géorgiques*）、史诗《埃涅阿斯纪》（*Énéide*）。

开始放牧的季节:

> 当晨曦染红了天际就出发
>
> 当草原上仍笼着白霜
>
> 在绿草上闪耀的
>
> 新鲜的露水,让人忍不住想放牧[26]

中世纪文学同样赞美春天。14世纪诗人纪尧姆·德洛里斯[1]在《玫瑰传奇》中就曾称赞过春天,他在诗中提到,春天,大地换上了绿衣,由此带来的欣喜之情[2]被称作"春趣"[27]。1437年,被誉为"西西里纹章官"[3]的让·库尔图瓦称5月和6月是"一年中最靓丽的月份",在他看来,"世上没有什么比开满鲜花的绿色景致更让人心旷神怡的了"。每位法国人都在学校里学过查理一世的那首诗[4],诗中提到大地披上了锦绣衣装。

---

[1] 纪尧姆·德洛里斯(Guillaume de Lorris,约1200—约1238),法国中世纪诗人,代表作是《玫瑰传奇》的第一部分。
[2] 原文的春趣为"reverdie",单词本意是再次变绿,也指行吟诗人的特殊诗歌种类,里面描绘了春日的光景。这里可以引申为春天到来之后人们轻松快活的心情,美好的天气及爱意的萌动。
[3] 纹章官(Héraut),本意是指中世纪的"传达官",最初是由君主或贵族派来传递信息或宣言的信使,在这种意义上是现代外交官的前身。后来在一些骑士比赛中他们负责组织、主持和判罚,因为在比赛中只能通过在旗子或者盾牌上的纹章来辨别对阵双方,他们渐渐变成了纹章专家,也就是"纹章学"的开端。
[4] 即奥尔良公爵《春之回旋曲》中的《季节褪去了它的外衣》(Le temps a laissié son manteau),全诗描绘冬去春来时万物复苏、欣欣向荣的景象,篇幅短小,朗朗上口,因此几乎成了法国小孩必背的一首短诗。这首诗第一段写道:(冬)季褪去了它/夹带着风雨与寒冷的外衣/穿上了绣着/明媚灿烂阳光的华衣。

之后有许多著名作家同样在描写春天，19世纪浪漫主义感性日趋流行后更是如此。在春天，歌德写道：

喷涌而出的

一抹嫩绿……

摇曳的簌簌声

在空气中扩散

微颤让你欣喜

芳香使你沉醉

还有：

气清风静

辽阔的江岸映着新绿

又是一年春来到[28]

赖纳·玛利亚·里尔克[1]就要求春天不要只停留在草地上："春应该通过某种方式在人们心中变得强大，因为春天不是在时光

---

[1] 赖纳·玛利亚·里尔克（Rainer Maria Rilke，1875—1926）是一位重要的德语诗人，曾旅居法国，除了创作德语诗歌外还撰写小说、剧本以及一些杂文和法语诗歌。他的作品对19世纪末的诗歌体裁和风格，以及欧洲颓废派文学都有深远的影响。

中到来，而是在永恒和上帝的面前来临。"[29]

青年时代的"光环诗人"马拉美[1]经常赞美春天。例如，"你为我的心插上翅膀！／满载着爱，它展翅飞翔……忘记镰刀，／草在丛中迎风飘动"。科莱特[2]写道："万物都在以神一般的速度生长。再不起眼的植物也在拼尽全力向上攀爬。"[31]

几十年后，让·季奥诺详尽地描绘了"春天的骚动"，当春天从泥土里苏醒："新泉流经的牧场低声唱着柔美的歌谣。""静止的空气中弥漫着……浓浓的植物汁液的味道。""流淌的水在草下跳舞，冲刷着泥土。"[32]

赫尔曼·黑塞[3]认为："幼芽迎着太阳，田野迎着云彩，青草在春风的吹拂下舞动——在对生存既温和又强烈的狂热下，万物在等待、酝酿、幻想和萌动。每年春天，我都在守望着，热切地等待着万物新生的奇迹，好像它定会在某个时刻展现在我的眼前，仿佛在一个小时内，我就能看到并彻彻底底感受到当它向第一缕阳光睁开眼睛之时，力与美的喷薄和幼芽破土而出的生之喜悦。"每年赫尔曼·黑塞都能感觉到奇迹在他眼前发生，但这招人喜爱

---

[1] 马拉美（Stéphane Mallarmé，1842—1898），法国诗人、文学评论家，与阿蒂尔·兰波、保尔·魏尔伦同为早期象征主义诗歌代表人物。代表作有《希罗狄亚德》《牧神的午后》《骰子一掷》等。
[2] 科莱特（Sidonie-Gabrielle Colette，1873—1954），法国女作家，于1948年获得诺贝尔文学奖提名。1945年她当选龚古尔文学奖评选委员会评委，1949年成为该委员会主席。
[3] 赫尔曼·黑塞（Hermann Hesse，1877—1962），德国诗人、小说家和画家，1946年获得诺贝尔文学奖。其作品不以情节曲折取胜，而是以展现内心冲突震撼人心。

的奇迹却永远让人捉摸不透,他写道:"我都还没见到它到来的身影,它就一下子出现了。"33

春来香堇开,菲利普·雅各泰也为发现香堇所带来的满满幸福而高声欢呼。我们就用这位经常描写春之喜悦的诗人作为上述一系列讨论的结束吧。于他而言,对五月的追忆就是对草和原野的欢庆。"广袤的草原在无声地运动,随风飘动的草原上开着无名的花朵。细直的茎杆微微颤抖,上面孕育着种子,尽管深扎黑土,却仍显得弱不禁风。大地仿佛在渐渐缩小,升上纯净的天空,向天空贡献没有重量的祭品,朝着他们的姐妹——雨水奔去。"34

在前面的讨论中,我忽略了关于草的各种形态。草最简单的形式就是一棵小草,惠特曼将其称为"完美到难以言表"35 的奇迹。和人一样,每棵小草也有自己的个性。仅仅是草叶的存在就足以让歌德的心中掀起波澜了,他也将这感情赋予了笔下的人物维特身上。福楼拜在 1854 年 4 月 22 日给路易斯·科莱特的信36 中就写道:"我们可以对一棵小草的故事投以巨大的热情。"雨果曾多次"质问"草叶,并发现在路面的缝隙里都能找到它随风而动的身影。在弗朗西斯·蓬热眼中,草就是"喷泉的化身",在草尖挂着的露水就是喷出水柱37 的皇冠。而在 19 世纪的亨利·戴维·梭罗[1]看来,这些就是希望的象征。他写道:"绿色的缎带在我眼前

---

[1] 亨利·戴维·梭罗(Henry David Thoreau, 1817—1862),美国散文家、诗人、哲学家,代表作有《瓦尔登湖》《论公民的不服从义务》等。

飘扬,(小草)在稳健地生长,坚定得就像缓缓从地下冒出来的泉水。它和溪流仿佛是一体的……当小溪干涸,草叶就成了动物取水的途径。……因此人类生命的消亡只是大自然的表面现象,它的绿叶却延向了永生。"[38]

策兰[1]则用更为简单的视角告诉读者:"你需要每一棵小草。"[39]让-皮埃尔·理查德写道:"于是,在几棵草的周围,只剩下整个世界。"[40]

让-皮埃尔·理查德将草丛称作"独特个体之丛""微小个体散乱点缀的地毯"[41]。这些草聚集在一起,有时镶嵌在草坪中,但它们在小道两旁、路堤边以及空地中央更为常见。因此它们也有自己的身份。当然了,提到草丛相信大家都会想起阿尔布雷特·丢勒1503年所画的《青草地》(参见封面[2])。

丹尼丝·勒当泰克[3]曾对这幅画做了卓有见解的分析。在这块植物丛生的草皮上,我们可以依稀分辨出泥坑、水洼和溪流旁的植物。它们长在一块塌陷的土块上。她还强调,这些草并不起眼,但丢勒赋予了其壮观的一面,这是因为画面的视野与土地平

---

[1] 策兰(Paul Celan,1920—1970),罗马尼亚出生的德语诗人和翻译家,代表作有《死亡赋格》。
[2] 本书法文原版是以这幅画为封面。阿尔布雷特·丢勒(Albrecht Dürer,1471—1528),德国著名的油画家、版画家、雕塑家及艺术理论家。
[3] 丹尼丝·勒当泰克(Denise Le Dantec),法国女诗人、作家,出生于1939年。在索邦大学深入研究哲学和人文科学之后,她大约出版了三十本书,其中许多书都致力于研究美学和园林史。她的作品风格多样,诗意、哲学和浪漫并存。

齐,整个画面没有视平线与支撑点。"在被水浸没的土块上却长有如此茂密的草丛,这种矛盾的场面将我们带到了一种蒙召升天的场景前"。根据画家的说法,他怀着巨大的虔诚细心刻画每一棵小草,它们的内部形状被着重展现出来。[42]

在考珀·波伊斯[1]的小说《沃尔夫·索朗特》中,有一次,同名主人公在乡间散步,当他坐在自己的大衣上休息时,"他面前杂乱的砖块间,生长着一丛鲜艳的绿草,这些生机勃勃又晶莹剔透的茎叶吸引了他全部的注意力"。草与黏土,他自言自语道:"从土到草,从草到土!"再一次,他打了个哆嗦,这种特殊的寒战经常来自一股寒意和爱的悸动。[43]我们肯定能注意到丢勒与考珀·波伊斯笔下的人物跨越400年的情感共鸣。

在高高的草丛中穿行总会给人带来别样的感受。丛暗草木深,更为其添上了一分野性,让人有像法翁[2]一样藏匿于其深处的欲望。19世纪中叶,农户们都无视长在庄稼旁或是干涸荒地上的杂草,但梭罗却提到了这些草给他的感觉。这些草丛高两英寸,宽一英寸。农户们都不屑于锄去这些野草,但梭罗写道:"我却大步

---

[1] 约翰·考珀·波伊斯(John Cowper Powys,1872—1963),英国哲学家、小说家、文学评论家和诗人。
[2] 法翁(Faune),在罗马神话中,指一些半人半羊的精灵。希腊神话中的潘神是唯一的农牧神,而在罗马神话中,法翁并不是一个神祇,而是一种神性生灵的总称。法翁的身份不再是农牧之神,而是居住在森林之中的神灵。除了这个差别之外,法翁和潘神有着几乎同样的面貌。(摘自小卡,《潘神的迷宫——有关潘神、法翁和萨堤的一些神话传说》,载于《飞:奇幻世界》2007年第12期)

走在这些草丛之间……很高兴能够在和我身处同时代的它们之中发现其朴实的一面。"对梭罗来说,它们就是朋友:"我只是把它们看作高高的草。"[44]

于贝尔·瓦尼耶[1]写过一本特别棒的书,书中就提到了这"草叶窸窣""碧波荡漾"的欣欣向荣之地在其内心激起的涟漪:这是种纷扰,甚至是震撼与"内心的迷醉"。此情此景,不禁想让人隐匿并迷失其中。[45]他还写道:"这些长得高高的草是一个复杂又多样的整体,需要我们持之以恒地观察才能解读。"当他投入其中,他感觉自己就像那些微小的昆虫一般,出入于这片"深远神秘的无垠天地"。[46]

在这一点上,菲利普·德莱姆[2]曾细致入微地描述了一种别样的情感。他自称喜欢长在高草旁边并被割过的草,他写道:"这里就是英国的一种哲学思想,是自由与克制的结合……"由此"人与自然形成的反差,不再是斗争,而是友谊。"[47]

其实在如今的野草热之前,这些杂草早就吸引了大众的目光,并引起了人们的怜悯,有时甚至是钦佩。早在17世纪末的英国,人们就开始关注这些野草药用价值以外的其他方面。在乔治王时代[3],

---

[1] 于贝尔·瓦尼耶(Hubert Voignier),法国作家,1964年出生于法国里昂,写过诗歌和一些散文。
[2] 菲利普·德莱姆(Philippe Delerm,1950—),法国作家,一位善于写作"细微之处"的作家,其作品《第一口啤酒》曾获得1997年度格朗古西耶大奖。
[3] 指英国乔治一世至乔治四世在位时间(1714—1830)。

人们就已经可以读到赞美野草的诗歌了。在这种全新感觉的作用下,那些所谓的野草也是美丽的。约翰·克莱尔[1]就为被农民憎恨的植物写过许多诗歌。[48]阿尔弗雷德·丁尼生[2]称赞它们:"对我来说,我独爱那开在山头的朴素野花,那在泉水旁生长的最卑微的小草……"杰拉尔德·曼利·霍普金斯[3]也写道:"野草万岁!"我们可以看到,在这些诗人的眼中,上帝存在于所有那些绿色的事物中。

让·桑特伊是马塞尔·普鲁斯特[4]笔下的人物,当他看到长在墙上的野草时,马塞尔·普鲁斯特笔下的主人公有了一种怜悯之情:"(草)无忧无虑地向风倾诉着。"他望着孤芳自赏的紫色毛地黄,发现它和周遭没有任何联系,它远离地上其他植物,只知道自己身旁那三棵金鱼草。[5]让·桑特伊本想将它占为己有。他

---

[1] 约翰·克莱尔(John Clare, 1793—1864),英国19世纪浪漫主义时期诗人,一直在歌颂英国的乡村,颂扬世界的美丽和农村生活,克莱尔在19世纪后期相对被遗忘,但20世纪初期又被大众重新发现。
[2] 阿尔弗雷德·丁尼生(Alfred Tennyson, 1809—1892),19世纪英国的著名诗人,在世时就获得了极高的声誉。他是维多利亚女王统治时期英国和爱尔兰的桂冠诗人,至今仍是英国最受欢迎的诗人之一。丁尼生的写作可分三个时期:四十岁前主要写抒情诗,此后二十五年多写叙事诗,晚年致力于创作诗剧。但他最具抒情诗人气质,以旋律优美铿锵、题材及手法(如戏剧独白等)多样著称。
[3] 杰拉尔德·曼利·霍普金斯(Gerard Manley Hopkins, 1844—1889),英国诗人、罗马天主教徒及耶稣会神父,他写作的主题是自然和宗教。霍普金斯最为人所知的是他使用的"跳韵"。
[4] 马塞尔·普鲁斯特(Marcel Proust, 1871—1922),20世纪法国最伟大的小说家之一,意识流文学的先驱与大师,代表作《追忆逝水年华》。《让·桑特伊》是他青年时期未完成的作品,后经整理20世纪50年代才发表。
[5] 经译者查证,《让·桑特伊》的原文如下:这棵孤独的毛地黄只看得到并且只知晓这三棵金鱼草。

感觉这株"完全与世隔绝"的毛地黄"不同于其他事物,显得那么的特别……只得与寂寥共享这片孤独"[49]。

当今,许多摄影家也被这些野草所吸引,他们和让·桑特伊有着同样的感情。艺术家玛丽-若泽·皮耶[1]就在研究草所引起的触觉感受:"在这里,草叶轻抚,在那里,草露沾湿,在别处,草刺扎手。"[50]

在绝境中生长的草会给人带来不一样的感觉。除了刚才提到的长在斜坡、沟渠以及道路两侧的草外,还有一些草则是生长在荒地、铁路两边甚至是水下。这些野草也吸引了人们的注意。乔治·桑[2]在其作品《康素爱萝》中就提到了沟壑旁满是尘土的小草带来的强烈情感。在小说《让·桑特伊》中,斜坡上,一朵虞美人开在了幽暗的草丛里,马塞尔·普鲁斯特用大篇幅描述看到此景时心中的感受。沃尔夫·索朗特小声嘀咕道:"被绿草侵占的小路是多么广阔的世界呀!"诗人古斯塔夫·鲁[3]就写过赞美的诗歌献给草和"斜坡上未沾露水的花朵,旅人眼中你们是那么的娇小可怜,你们一一向他打招呼,在他的身影与放空的脑袋下,

---

[1] 玛丽-若泽·皮耶(Marie-José Pillet, 1951—),造型艺术家,对触觉艺术有较多研究。
[2] 乔治·桑(Georges Sand, 1804—1876),原名阿曼蒂娜-露西-奥萝尔·杜班(Amantine-Lucile-Aurore Dupin),19世纪法国小说家、剧作家、文学评论家和报纸撰稿人。小说多以爱情为主题,赞颂劳动者,贬斥贵族和富人。《康素爱萝》(*Consuelo*)发表于1843年,讲述了同名女主人公(歌唱家)在社会中从底层摸爬滚打至上层的故事。
[3] 古斯塔夫·鲁(Gustave Roud, 1897—1976),瑞士法语诗人、作家及摄影师。

你们是那么的柔软,他颤抖地将头靠近你们的脸庞,花朵向这位旅人的示意、含羞地呼唤与爱抚,他早已忘却人的身份,脑中只留下这花朵发出的细语。"[52]

雅克·莱达[1]曾为在坡道和夹缝中生存的无名小草,为这些"无处不在的伙伴"写过一本文集[2]。当他在乡下的旅馆中醒来时,听到"坡上挂着露水的草抖动着身体"[53]。雅克·莱达百感交集,他在书中称,小草与轨道的关系以及路堤、码头尽头和废弃道路上的青草深深地吸引着他。让-皮埃尔·理查德在评论这本文集时曾研究过铁轨和草叶之间的相似性,并指出两者都是线性的、刚硬的、锋利的、卓越的。荒地上,那些长得郁郁葱葱的野草也会像长在坡道以及铁轨上的草一样引起人们的注意,但我们却想方设法除掉它们:只因它们是人们口中的"杂草"。

埃利塞·何克律[3]在作品《溪流的历史》中表达了对长在水底的植物的迷恋。在水底,阳光改变着植物的形态:"溪中一簇簇的水草如同飘逸的长发,在水流的作用下,它们像蛇一样在水下扭动着身躯。遇上湍流时,它们扭动得更加剧烈。因为水下风平浪静,它们的姿态越发壮丽。不过无论摆动得快还是慢,它们都

---

[1] 雅克·莱达(Jacques Réda, 1929—),法国诗人,以诗歌和散文而闻名,同时也曾担任杂志编辑。
[2] 即本书开篇提到的《坡上草》。
[3] 埃利塞·何克律(Élisée Reclus, 1830—1905),法国地理学家、作家、无政府主义思想家和活动家。

会消失在我们的视线里……颜色从白色变为深绿色。"何克律还详细描述了这一生动场景给其带来的感受。如同被抚摸与拥抱似的,他说道:"我感到与这些浮草……和水草的摇曳融为了一体。"[54]

现如今,菲利普·德莱姆与早前作家所描述的情感产生了共鸣。他尤爱"中央被青草所蚕食"的街道以及"路旁最暗淡的小草"。这两个与"狭窄"相关的场景营造出了一种亲密感。[55] 被草所遮掩的巷子、小径、坡道与楼梯总会给人带来强烈的情感冲击。旅途中的雨果对长在坡道和小径的绿草特别敏感。一天傍晚,他在亚琛[1]边境上的"青草小径上"一直待到了深夜。随后,他爬上"狭窄的草坡"来到一处残垣断壁前,沿着"布满杂草的楼梯来到了上面的房间"。此外,一次散步时,在溪水旁,他依稀发现了一条植被覆盖的小径。在他看来,这好像就是为他隐藏的。一个声音在他耳边回荡:"(如果)你在寻找着绿草、青苔、湿润的树叶、饱满充盈的树枝……弥漫在空气里的芬芳。那么,就进来吧!这条小径就是你的路。"[56]

不是所有人都有着诗人般的眼光。千百年来,大多数人们只会将其看作"杂草",甚至和所谓巫术都扯不上任何关系。最让人痛恨的杂草之一是顽固难拔除的匍匐冰草[2],还有一个就是蔓生的

---

[1] 亚琛(Aix-la-Chapelle),德国北莱茵-威斯特法伦州的一个城市,靠近比利时与荷兰边境,是德国最西部的城市,以温泉闻名于世。
[2] 匍匐冰草属于禾本科冰草属植物,是一种广布性杂草。生长于废耕的田间、果园、饲养场和管理不良的牧场,以及道路边和荒地中。

稗子，它会阻止其他植物的生长。说到稗子就不得不提到在《马太福音》[1]中对其的控诉。传说牛顿对杂草是完全无法忍受的。在基思·托马斯看来，总体来讲，18世纪英国的园艺工人对于那些野草也持同样的态度。法国词典编纂者贝舍雷勒[2]在1860年将杂草称作"恶毒之草"，可见当时农业和畜牧业者对其是深恶痛绝的，这种草就是要被斩断乃至除根。在奥利维耶·德赛尔[3]1600年出版的作品《农业剧》中，他就提及了如何清除杂草，特别是长在麦田里的杂草。据他介绍，必须要连根拔除，因为这些"恶毒之草"会让小麦"颓废萎靡"。他详细地介绍了操作方法：最重要的是选准时机，也就是当"恶草与小麦长到一定程度时"，因为过早锄草会使我们无法轻松分辨出两者；但反之，也不能等它们"完全成熟，因为此时小麦可能已经受到杂草的侵害"。最好是等到雨后土地湿润时再进行锄草工作，这样才能更好地拔除"恶根"。锄草是一项细致的工作，一般由女性来负责完成。57

这种厌恶，特别是对黑麦草的厌恶，总体来讲就是对野蛮的厌恶。就如同莎士比亚的戏剧《亨利五世》（第五幕，第二场）中提到的那样，这些杂草既丑陋又无用。在17—18世纪英国农学家

---

[1] 《马太福音》第13章就提到了麦子和稗子的比喻。
[2] 贝舍雷勒（Louis-Nicolas Bescherelle，1802—1883），法国词典编纂者和语法学家。
[3] 奥利维耶·德赛尔（Olivier de Serres，1539—1619），法国作家和农学家，其作品《农业剧》（*Théâtre d'Agriculture*）是17世纪法国农业领域的公认教科书，其中一些种植技术对当时及后来的农业发展起到了举足轻重的作用。

的文章中，谴责杂草已成为主旋律。但同时，我们也发现了一个完全对立的观点正慢慢被大家接受。从17世纪中叶开始，一些艺术家和自然学家开始认为被大众所唾弃的植物其实很美丽。杂草和野草一样，渐渐受到人们的欣赏。1657年，一位草药经营商甚至宣称一些园艺工十分倾慕那些被民众称作杂草的植物。从17世纪起，一些水彩画中也出现了各式各样的野草。当17世纪的中产阶级漫步乡间时，他们会随手采摘一些植物。就如同18世纪的浪漫主义者一样，在他们的眼中已经没有"杂草"了。[58]

美国的梭罗将他认为最为卑微的杂草奉为圣物。他希望让这些杂草重新获得人们的尊重。正因为杂草被农户所厌恶并且长在荒地上，梭罗便更加同情它们。它们比其他任何事物都能满足梭罗回归原始的愿望。他写道："我认为康科德的野草比加利福尼亚的参天大树更有生命力。"[59] 因此，他歌颂在当时备受厌恶的紫草，甚至高呼对它的喜爱。它长在"荒废的山丘脚下"，这是一种"瘦弱又可怜的卑微小草"，我们甚至没有注意到它的存在。[60] 因为这些草和梭罗一样离群索居，梭罗多次将自己比作这些最卑微的小草。雨果在《静观集》中写道："我爱蜘蛛，也爱荨麻，因为人们都恨它们/……因为它们是被诅咒和娇弱的/……来往的行人呀，请宽恕这些无名植物吧。"[61]

让-皮埃尔·理查德曾对杂草所存在的厌恶情绪做过分析。在他看来，这既不是因为杂草恶毒或没有价值，也不是英国农学家所认为的杂草与农作物对立的原因。它们之所以被称作杂草，是因为它们显得"不忠诚、随意并且丛生杂乱：无论是从感官还是理性或是文本上看，杂草都象征着逃离、意外与迂回[1]。"62

罗斯金[2]从另一个角度赞颂了生命之美，这其中也包括那些被遗忘的草与其他植物。他写道："即使是最卑微的生命，难道它就没有属于自己的美吗？同时，在与自然界抗争时，它们生存、成长、遭受磨难、凋零和死亡，这些难道不是人类幸福、成功与挫折的人生起伏的再现吗？"罗斯金在最微小的植物里发现了这种美，特别是那些"在颤抖中抵抗狂风侵袭"63的娇柔花朵。在吉尔·德勒兹[3]与菲利克斯·伽塔利[4]看来，杂草过的才是最具智慧的生活。64

即使我们不谈论草药与其采摘、工业用草和魔草（具有致幻效果），这也是我们目前所做的，我们仍将会发现一个现象：草的外观与功能及其所激起的情感是多种多样的，有些甚至是截然相对的。这还不算长在草原和草地上的草，我们之后会详尽探讨

---
[1] 表示杂草总是长在人们意想不到的地方。
[2] 约翰·罗斯金（John Ruskin，1819—1900），出生于英国伦敦，是维多利亚时代主要的艺术评论家之一，他还是一名艺术赞助家、制图师、水彩画家和杰出的社会思想家及慈善家。他写作题材广泛，从地质到建筑、从神话到鸟类学、从文学到教育、从园艺学到政治经济学包罗万象。
[3] 吉尔·德勒兹（Gilles Deleuze，1925—1995），是20世纪下半叶最具影响力的法国哲学家之一。他的形而上学论文《差异和重复》（1968）被许多学者认为是他的代表作。他的作品影响了哲学和艺术的各种学科，包括文学理论、后结构主义和后现代主义。
[4] 菲利克斯·伽塔利（Félix Guattari，1930—1992），法国哲学家、心理分析师和社会活动家。他因与德勒兹合作《反俄狄浦斯》和《千高原》而闻名于世。

它们。

现在我们来谈谈许多人认为最重要和最为本质的一点：是什么将草与神联系了起来？草在《旧约》中就已经出现了。根据《创世记》的描述，草在第三天就已经出现在世上了，早于动物和人。不论是在表述困境还是敌人未来的情况，草在《圣经》中多次被用来和人类的命运做比较："不要为作恶的，心怀不平……因为他们如青菜快要枯干。"[1]（《诗篇》第 37 篇）"我的心被伤，如草枯干……我的年日如日影偏斜，我也如草枯干。"（《诗篇》第 102 篇）《诗篇》的第 103 篇就是对耶和华的颂歌：

> 至于世人，他的年日如草一样。
> 他发旺如野地的花。
> 经风一吹，便归无有。
> 他的原处，也不再认识他。

是耶和华"使草生长在山上给六畜吃"[2]，是他让万物饱得美食。

---

[1]《圣经》原文是：因为他们如草快被割下，又如青菜快要枯干。这里法语原文选取的后半句。本书中所有《圣经》翻译全部来自《圣经》和合本。
[2] 此处包含两处经文：他使草生长、给六畜吃（诗篇 104:14）；他用云遮天。为地降雨、使草生长在山上（诗篇 147:8）。紧随其后的这句话也选自《诗篇》：他用美物、使你所愿的得以知足（103:5）。

在《新约》中，寓言故事（《马太福音》13：24）中的稗子被撒在了麦田之中，并且要在收获前薅出来，留着烧。这里稗子就是恶者之草，是恶者将稗子撒在了田里。

卢克莱修[1]在谈到生命的开端与"大地之初生"时写道：

> 第一份礼物就是草
>
> 和它们那一抹耀眼的绿，大地
>
> 给山丘穿上了绿衣：在所有的平原上
>
> 繁花似锦的草原绿光闪烁

后面接着写道：

> 同样地，从新的大地上
>
> 先长出了草和嫩芽
>
> 随后有了各种动物……

当田野缪斯[2]风华正茂之时，草就是幼童们"柔软舒适的绒

---

[1] 卢克莱修（Titus Lucretius Carus，约前99—约前55），罗马共和国末期的诗人和哲学家，属于伊壁鸠鲁学派，以长诗《物性论》闻名于世。它由卢克莱修用拉丁文写成，是目前现存唯一系统阐述古希腊罗马的原子唯物论著作。

[2] 这里指大地，《物性论》中将大地比作母亲，生命从这里诞生。缪斯（Muses）是希腊神话主司艺术与科学的九位古老文艺女神的总称。后文的幼童就是指随后出现的动物，卢克莱修用"大地的子宫"来表示植物到动物的过渡。动物从"大地子宫"中出来，大地会像母亲那样养育万物。

毛床垫",青翠的小草便成了人们的乐趣。在后文中,卢克莱修哀叹人们厌恶橡实并抛弃"草叶做的床垫"。[65]

在很久以后的18世纪,卢梭写道:"草叶就是上帝存在的明证。"拉马丁[1]笔下已经年老的约瑟兰对植物是了如指掌:

> 对他来讲,每棵草都是一道明光,
> 是闪耀着上帝之重要话语的信号……
> 在宇宙灵魂中
> 赋予每棵草独特灵魂的耀眼火花
> 他看到草在感受,思考,行动,爱[66]

这种对自然万物的泛灵论和"泛感论"[2]在雨果的作品中被推向了极致。在绿草所唤起的情感中,神的存在多次激发了他的灵感。"黑暗的大口"[3]告诉我们:上帝创造的世界中,所有的生灵都

---

[1] 拉马丁(Alphonse de Lamartine, 1790—1869),法国19世纪著名浪漫主义诗人、作家和政治家。他以半自传式诗歌《湖》闻名。1836年,拉马丁发表了史诗《约瑟兰》(Jocelyn)。

[2] 泛灵论(Animisme)是相当古老的一种思想,它认为灵魂或精神或感知不仅存在于人类中,也存在于其他动植物或岩石、山脉或河流以及自然环境的其他实体中;泛感论(Pansensisme),起源于意大利文艺复兴时期,与意大利哲学家贝尔纳迪诺·泰莱西奥(Bernardino Telesio)以及托马索·康帕内拉(Tommaso Campanella)所信奉的泛心论有着紧密的联系,该理念认为万物皆有感觉。

[3] 出自雨果《静观集》的终篇《黑暗的大口在说话》(Ce que dit la bouche d'ombre)。

在相互交谈：

> 万物都在交谈，飘过的风和海上飞翔的翠鸟
> 草叶，花，胚芽，元素
> 你对宇宙是不是有了新的想象？
> 牧人的柔火给金色星球
> 以草的颤动

紧接着，他又写道："只有上帝是伟大的！那里才是草的诗篇。"

雨果多次探讨了渺小世间与宇宙的联系，他这样写道：

> 睡吧！睡吧，草叶，睡吧，浩瀚无垠的宇宙！[67]

卢德米拉·夏尔－武尔茨[1]指出草的主题在雨果作品中经常出现，并且在雨果眼中，崇高存在于下方。这也是为什么在道路缝隙中飘动的小草能如此打动他的原因。雨果写道：

---

[1] 卢德米拉·夏尔－武尔茨（Ludmila Charles-Wurtz），法国图尔大学法语语言文学讲师。

> 草，永怀激情在摆动
>
> 它摆脱了野性，与我渐渐熟悉[68]

在《静观集》中定义的祈祷就是要依次看草枝的颤动与无垠的宇宙。

与雨果身处同一时代的惠特曼也提及了小草与宇宙的联系。他写道："我相信一片草叶不亚于星星运转的辛劳。"[69] 在接下来的20世纪，菲利普·雅各泰也颂扬草与神明之间的联系："上帝就是草原的那抹绿。"[70] 此外他还提过"在草中迷失的上帝"。[71] 他确信自己从来没有能力做任何祈祷，在他看来"草原就像是低声的祷告，一种漫不经心又令人安心的连祷。"

前文的介绍算是天堂之草这一话题的小小引言。该主题不论是在希腊罗马还是东方都有提及。默尼耶·德·科尔隆[1]认为，在普罗米修斯创造人类以后，当见到地球上的各种物体时，人类才产生了意识。自然他们也会被乡间的绿色和草原的釉彩之境所吸引，进而给他们一种感官上的狂喜。[72]

我们之前讲过，伊甸园是永恒的春天。天堂之草蕴含并象征着希望，其重要性自然不言而喻。约翰·弥尔顿[2]写道，在亚当

---

[1] 默尼耶·德·科尔隆（Anne-Gabriel Meusnier de Querlon，1702—1780），法国文学家、记者，于1723年成为一名律师。1727—1735年在皇家图书馆工作。
[2] 约翰·弥尔顿（John milton，1608—1674），英国诗人、思想家，代表作品为《失乐园》。

夏娃犯原罪之前，他们身边处处绿草如茵。在撒旦看来，天堂首先就像是个"封闭的绿色庭院"。中世纪的私密庭院就一直想重现或者至少象征这样的地方。弥尔顿笔下的伊甸园"有着珍贵的草坪，动物们在上面吃着嫩草。""绿草地上，树叶发出飒飒声"，亚当与夏娃赤身裸体，坐在绿荫下。一些动物在他们周围尽情嬉戏，还有一些"趴在草地上享受着清新的牧草、闲眺四周抑或是在半醒半睡间反刍。"亚当和夏娃在绿意盎然的溪岸边柔情蜜意，这一切对撒旦来讲都是痛苦的折磨。当夜幕降临，草地又转变成两人共同栖居的摇篮。亚当向天使拉斐尔讲述他被创造之时的感受。当他醒来后，他向大天使说道："我当时正躺在开满花朵的柔软草地上。"[73]

帕拉杜[1]是埃米尔·左拉笔下19世纪的"伊甸园"，在这片爱与罪交织的人间天堂，作者赞颂了帕拉杜的绿草。它对此地的诗意体现起着决定性的作用。草使人耽于幻想，代表着诱惑、爱情和堕落，最后象征着苦涩。帕拉杜就是没有牧人的草原。

---

[1] 帕拉杜（Paradou）是埃米尔·左拉为小说《穆雷神甫的过错》（*La Faute de l'abbé Mouret*）主人公创造的伊甸园。小说讲述了本来过着隐修士生活的穆雷神甫因一次生病结了女主人公阿尔比娜，却因为受到其他神父指责放弃了这段爱情，最终绝望的阿尔比娜选择了自杀。埃米尔·左拉（1840—1902），19世纪法国最重要的作家之一，自然主义文学的代表人物。

在具象艺术[1]中很早便出现了天堂之草的身影。中世纪"秘密庭院"中的草就想仿造伊甸园中的绿草。在《贵妇人与独角兽》[2]中，女主人周围就环绕着花花草草，也正好体现了骑士艺术。1411—1446 年，林堡兄弟在其作品《贝里公爵的豪华时祷书》[3]中就描绘了小花点缀的遍野绿草。在亚当和夏娃还身处伊甸园时，他们赤身裸体站在细嫩的草坪上，而在他们的身后则出现了高高的草丛。

菲利普·蒂埃博[4]认为，14 世纪到 16 世纪初，在描绘人类的堕落场景（也就是在伊甸园内）时，画中的草最为显眼。[74]1470 年，雨果·凡·德·古斯[5]所画的《人类的堕落》中，也出现了草的形象，不过茎叶与草丛都画得较为模糊。1526 年，老卢卡斯·克拉纳赫在画作《亚当与夏娃》中同时画出了人间天堂的各个生灵。

---

[1] 具象艺术（figurative art）是一种艺术形式，在世界各地的文化中已经存在了数千年。它是指艺术形象与自然对象基本相似或极为相似的艺术。具象艺术作品中的艺术形象都具备可识别性。
[2] 16 世纪初期法国文艺复兴的六幅挂毯，其中五幅挂毯通常被解释为描绘五种感官：味觉、听觉、视觉、嗅觉和触觉。只有一幅写着《我唯一的愿望》的挂毯目前尚没有定论到底是什么含义。六幅挂毯中的每一幅都描绘了一位高贵的女士，旁边有动植物与其相伴。
[3] 《贝里公爵的豪华时祷书》（Les Très Riches Heures du duc de Berry），又称《豪华时祷书》或《最美时祷书》，是一本于中世纪发表的法国哥特式泥金装饰手抄本，内容为祈祷时刻所作祈祷的集合。该书由林堡兄弟为赞助人约翰·贝里公爵（John, Duke of Berry）而作，创作于 1412—1416 年。但因兄弟二人死亡，画作后由其他人补充完整。
[4] 菲利普·蒂埃博（Philippe Thiebaut, 1952— ），奥赛博物馆总策展研究员，新艺术运动专家。
[5] 雨果·凡·德·古斯（Hugo van der Goes，约 1440—1482），生活于 15 世纪的佛兰芒画家，是重要的早期尼德兰画家之一。其最著名的作品是现藏于乌菲兹美术馆的《波尔蒂纳里祭坛画》。

上面还有一丛丛柔嫩的绿草，绵羊正享受着这一美味。这幅画就展现了伊甸园千里一碧的景色，绿色便和对裸露并无羞耻之感联系到了一起。接着，在画面远处的草渐渐变得模糊起来。

到目前为止，我们还未讨论草的社会象征意义，但这其实是许多文学作品中的主导思想。草的塑造总是与等级观念有着关联。在贵族宅邸的草坪中的绿草就彰显出主人的社会地位，这也是这种草给人们带来的感受。菲利普·德莱姆就曾感受过，他写道："脚踩在这片高高的草丛里（诺曼底地区），让人感觉自己成了城堡的主人。"75 但无论如何，草的谦卑才是文学作品中被提及最多的一点。草就象征着平民百姓，与受人践踏的底层人民相类似。基思·托马斯称，在17—18世纪的英国，人们将普通百姓看作杂草，如同没有价值的荨麻。随后在1838年，约翰·克劳迪厄斯·劳登[1]就写过高贵的植物品种就是有文化教养的人，而野生的品种就是土著人。

更糟的是，从类似的角度来看，草有时会让人联想到污秽。在英国同时期的地方语言中，许多草都被视为邪恶的。正因为包括梭罗在内的许多诗人都意识到了小草的这一地位，他们便更加同情这些被鄙视的草。在所有的植物中，荨麻是雨果最为珍惜的。

---

[1] 约翰·克劳迪厄斯·劳登（John Claudius Loudon, 1783—1843），苏格兰植物学家、园林设计师和作家。致力于将科学和艺术观赏有机地融入设计，形成风景优美的传统几何园林。

在《悲惨世界》中，马德兰先生对着村民们说道："朋友们，记住这一点！世上既没有什么杂草，也没有恶人。"[77] 正因蜜蜂的存在，米什莱[1]眼中的草原成了"万物和谐相处的社会"。[78]

---

[1] 米什莱（Jules Michelet, 1798—1874），出生于法国巴黎，历史学家，被誉为"法国史学之父"。他以文学风格的语言来撰写历史著作，令人读来兴趣盎然。

第二章 童年与回忆之草

曾有一个每天出门的孩子

早开的紫丁香成为孩子的一部分

还有那青草……

四五月田间的幼苗成为他的一部分

草已经刻在熟悉的环境之中，对这种环境的记忆复现与"童年时期触觉与视觉欲望"有着紧密联系。童年的场景就包含对"草的陶醉"：河岸、倾斜的草地以及可以在上面尽情翻滚的草堤等。让－皮埃尔·理查德称："回忆之草"[1]的核心就是"水与草的厚度"。勒内·夏尔[1]则进一步追根溯源，谈及了生命的起始："今晚，草下一对蟋蟀正在歌唱，想必人类出现之前的生活定是十分甜蜜的。"[2]

　　要想理解孩童时期存在于记忆中的草，必须要先重视这段时期，此时"本我"还并未被"自我"所压抑，我们也不会用理性分析的眼光去看待周遭的万物。在过往幽深岁月的记忆里，往日的所有事物便融合在一起。它回荡在余生中，时而被察觉，时而又无声无息。在概念性语言形成以前它便被保留在记忆中，也是人们一直追寻的事物。当童年行将消逝，人们往往会感到遗憾与懊悔。而在这之中，草就是重要的组成部分。伊夫·博纳富瓦选择展现"青草地"[3]来象征故土的消逝。

　　在介绍完本章的核心要点之后，剩下的就是展示与阅读在历史长河中，众多作家是如何描写草给他们留下的最初印记。首先我们会谈到童年时期的感性学习，接着是回忆的复现与冲击，在

---

[1] 勒内·夏尔（René Char, 1907—1988），法国20世纪著名诗人，早年受到超现实主义思想影响，后参加法国第二次世界大战时的抵抗运动，在抵抗运动中与加缪成为挚友。第二次世界大战结束后他发表了一些关于政治类的诗歌，反映了他的人文主义思想、对人类崇高呼唤的信念，以及对战争残暴的愤怒。

这之中，草一直占据着中心位置。

乔治·桑在其作品《我的一生》中就曾详尽地描述过盛开的牵牛花在她童年记忆中的重要位置。她还指出牵牛花的芬芳常常会勾起她的回忆："在路边，我第一次见到了盛开的牵牛花。这些带着精致白色条纹的粉色小铃铛从此刻入了我的脑海。"她的母亲要求她嗅这牵牛花并永远记住它的芳香，"通过人人皆知的情感与记忆联系，不知道为什么，每当我闻到牵牛花的香气时，总会回忆起西班牙的山峦和我第一次采牵牛花的路沿。"[4]雨果也提到了类似的经历。他在比利牛斯山的游记中写道："我呀，我感到幸福无比，因为我好几次闻到了牵牛花的味道，它们的芬芳让我回想起了我的童年。"[5]

人在童年时期闻到的青草或牧草的浓烈香气是许多作品的主题。1992年，朱利安·格拉克[1]发表了作品《大路笔记》。塞扎里耶[2]高原的牧场上，牲畜脖子上挂的铃铛发出的响声让其更加迷人，他写道："牧草被割后的清香让人陶醉。我们最深处的记忆再次浮现：就像是人跨越漫长的断奶期，回忆起香气在'大地绿色泡沫'中四溢的时光。"[6]

---

[1] 朱利安·格拉克（Julien Gracq, 1910—2007），法国作家，他受到了德国浪漫主义以及超现实主义的影响。他的文学作品以其梦般的抽象、优雅的风格和精致的词汇而著称。《大路笔记》(Carnets du grand chemin) 是其发表于1992年的随笔和读书笔记的文集，其中记录了一些自然风光和个人的回忆。
[2] 塞扎里耶（Cézallier）是位于法国中央高原中部的一处火山高原，海拔高度在1200—1500米。

牧草的芬芳不时浮现，萦绕在心头挥之不去，这使它成为当今许多作品的主题。尼古拉·德勒萨勒[1]出版过一本名为《割草之香》的出色作品。在布达佩斯，走在被白雪覆盖的街道上，他一直追问自己为什么这种香气总是如影随形？为什么"顺滑无毛刺"的回忆、"细微的时刻"就这样复现，到底是什么样的"神经魔法"在起作用？这种寻找让他回想起一个微不足道却又被永久记忆的时刻：这是他童年时期的片段，当他11岁时，他曾愉快地闻到了牧草收获过后的芳香。在这本书的结尾处他又重新回到了那个地方，"描述还不如亲闻这种芬芳，这种乐趣、这草被割后所散发的芬芳。"7

弗朗索瓦丝·雷诺[2]在其作品《草中丽人》中也不断提及植物的香气与回忆的联系。女主人公回到了童年时居住的雷斯地区[3]，趴在草地上，双手伸进草丛以便让这个地方认出她。"于是童年曾体会过的芬芳再次苏醒，流淌在她的身体里。"8

2012年，居特·德·普雷[4]就曾分享自己在乡下的童年回忆。他着重描写了喂兔子的牧草袋中散发出的阵阵香味，仿佛是施了

---

[1] 尼古拉·德勒萨勒（Nicolas delesalle, 1972— ），法国作家，杂志主编，目前共出版了三部小说，《割草之香》（*Un parfum d'herbe coupée*）是其第一部小说，出版于2005年，小说中作者对其童年和青少年时代进行了回忆。
[2] 弗朗索瓦丝·雷诺（Françoise Renaud, 1956— ），法国作家，1997年正式开始文学之路。
[3] 雷斯地区（Pays de Retz），法国西海岸地区，曾属于布列塔尼公国，现在是大西洋岸卢瓦尔大区的一部分。
[4] 居特·德·普雷（Guth des Prez），出生于诺曼底，一直致力于讲述诺曼底的故事，同时也是一位插画家。

"植物炼金术"一样。他接下来写道：暮色时分，是收割牧草的时节。"收割之后，牧草的醉人香气让我们兴奋，我们疯狂奔跑着。"文章的最后是其为"童年时期柔软而芬芳的牧草"写的颂歌，他还称在写下这最后几个字时，收获的牧草清香唤起"旧日香气"[9]让他沉醉其中。

现在让我们把目光从嗅觉转向视觉的回忆。1973年5月，菲利普·雅各泰在作品《笔记》中这样写道："童年时代，孩子们总会用神秘忧伤的眼光看着草原，仿佛一切都是永远无法接近且虚无的。"[10] 当童年逝去，在整个生命历程中，如此的回忆可以满足人们回归个人主体意识之初的需要。伊夫·博纳富瓦写道：草就属于这些"既重要但又无法感知其内在的事物"[11]。

在上述作为引言的文段之后，现在让我们按照时间顺序讨论这个问题。草在记忆中留存的印记历史相当久远，当18世纪中期感性开始盛行之时，这一印记得以进一步加深。法国著名回忆录作家瓦朗坦·贾梅利-杜瓦尔[1]在这一时期就曾描写过他童年的欢乐：当他只有八九岁时，就决定只与小鸟、飞虫和蝴蝶做伴，他在草原上追逐着这些伙伴直到夜幕降临。[12]

卢梭在《忏悔录》中多次写到他一个人散步的时日。他想

---

[1] 瓦朗坦·贾梅利-杜瓦尔（Valentin Jamerey-Duval，1695—1775），曾任洛林公爵的图书管理员与吕内维尔学院的历史和文物教授，后来到维也纳并成为帝国造币厂的主管。

起了自己曾幻想在草地上尽情嬉戏。在《孤独漫步者的遐想》中，他自问道：为什么65岁的他居然重新喜欢上了采集植物标本——这个"无谓的研究"？他后面回答说，可能这是对"年轻时的活动与小学生的功课"的回归。他最后断言：植物学"唤起了我的整个青春、唤醒了我淳朴的乐趣，让我重温了幼时的欢乐时光。"[13]

贝尔纳丹·德·圣皮埃尔[1]眼中的乡村就是"纯真的摇篮"，他写道："蒲公英的绒球让我回想起一些地方，在那里我和同龄的小伙伴坐在草地上，试图一口气把蒲公英的绒毛吹向空中，不留下一丝一毫。"[14]

19世纪上半叶，浪漫主义作家在不断谈论童年的记忆，草在其中也占有一席之地。1833年4月5日是风和日丽的一天，莫里斯·德·介朗[2]坐在洒满阳光的草地上，他后来写道："童年的某些印象又浮现在脑海中。"和童年时期一样，他仔细聆听思考大地的歌声与嗡嗡声，写道："这是对事物最初外观以及我们第一眼看到它们时的样貌的一次更新。在我看来，这种更新是童年在生命过程中最温柔的反应之一。"[15]

拉马丁多次在他自己或者笔下人物的童年记忆中提到过草。他也热衷于讲述溪水与草地的结合，这种结合一直让他欣喜不已。

---

[1] 贝尔纳丹·德·圣皮埃尔（Bernardin de Saint-Pierre, 1737—1814），法国作家、植物学家。1803年当选法兰西院士，卢梭曾是他的老师。
[2] 莫里斯·德·介朗（Georges-Pierre Maurice de Guérin, 1810—1839），法国诗人与作家。

在《前奏曲》[1]中,他为"父之山谷"写了一首颂诗,其中提到童年的回忆在他心中激起了对往昔的怀念。这个摇篮在这里就成了有声的风景:"脚下柔软的草地呀,快认出我的脚步"……在他的故乡米伊[2],万物都在向诗人诉说:"风、黑刺李花、青草或者干草……草地中的波纹",万物都有"自己珍爱的记忆与影子"[16]。

欧仁·弗罗芒坦[3]笔下的多米尼克回忆童年在特朗布城堡附近的收获季:"当人们收割的时候我就在现场,装干草的时候我也在,我让满载着干草而归的车子捎我一程。我平躺在干草堆之上,就像是孩子睡在一张巨大的床上,还伴随着车轮在收割后的草上行驶时的轻微颠簸……我能看见大海从绿色田野的边缘一直延伸到视野的尽头……空气变得更清新,天地也更广阔,这种莫名的感觉让我陶醉,让我暂时远离了现实生活。"[17]

可以看到,对草的追忆所产生的情感是既强烈又多样的。在19世纪,这些情感在各式各样的西方文学作品中都有体现。乔

---

[1]《前奏曲》(Les Préludes),选自《新沉思集》(Nouvelles Méditations poétiques),李斯特的《前奏曲》取材于这首诗。
[2] 米伊(Milly),法国东部勃艮第大区的索恩-卢瓦尔省的一个小镇,拉马丁童年在此度过。
[3] 欧仁·弗罗芒坦(Eugène Fromentin, 1820—1876),出生于拉罗谢尔,法国画家与作家。曾三次前往阿尔及利亚进行调查研究,《多米尼克》是其1862年出版献给乔治·桑的作品。

治·艾略特[1]就是一个例子,她写道:"如果早年的草与阳光没有继续留在我们心中并将我们的感知化作温情,那么我们看到阳光洒在草丛上的喜悦不过是我们疲惫灵魂模糊的感知罢了。"[18] 这是一种语言,它承载着我们童年短暂时光所留下的所有微妙和复杂难解的感觉。

华兹华斯[2]在他所有诗歌作品中都展现对童年失而复得的情感,他写道:

> 哦!德文特河
> 在青草河畔蜿蜒
> 我幼年时就曾凝望的地方

华兹华斯不断提及其5岁之后曾游走的地方:"光秃秃的高处,丘鹬在柔滑的草地中奔跑。"他对着"童年的历史学家"——蝴蝶——讲话;他躺在旷野里聆听布谷鸟的叫声,这里也正是"他童年聆听布谷鸟啼鸣的地方";华兹华斯还想起童年的捕鸟场景,当时鸟儿"就栖息在乌鸦巢穴上方的草里"。[19]

---

[1] 乔治·艾略特(George Eliot, 1819—1880),英国小说家、诗人、记者、翻译家,也是维多利亚时代的主要作家之一。艾略特是笔名,她原名为玛丽·安妮·埃文斯,使用男性笔名是为了保证她的作品得到认真对待,并且希望摆脱女性仅限于轻松浪漫的写作的刻板印象。该段选自其作品《弗洛斯河上的磨坊》。
[2] 威廉·华兹华斯(William Wordsworth, 1770—1850),英国浪漫主义诗人。

约翰·罗斯金在作品《建筑的七盏明灯》中提到过春季草原上的众多鲜花给人带来的"强烈印象"。之所以有这种强烈的印象,就在于"有不同于鲜花本来生命的另一种生命存在":他认为"不朽的万物荣耀……是来自回忆比它们自身的更替更为珍贵的事物"[20]。

美国的惠特曼十分珍视青草,在其对童年的追忆中,草的形象尤为突出:"曾有一个每天出门的孩子,/……早开的紫丁香成为孩子的一部分/还有那青草……四五月田间的幼苗成为他的一部分/……和路边最普通的野草。"[21]

在浪漫主义时期,意大利人也在向这些情感致敬。莱奥帕尔迪[1]在诗集《坎蒂》的《回忆》一诗中就提到了在他眼中的消极时光,此时幸福的感受尚未觉醒。他还写道:"孩子,当时我蔑视任何乐趣,我既不爱……黎明的寂静也不爱草原的绿意。"[22]

我们已经看到,20世纪的作家通过各种不同的方式对草与童年进行反复的赞颂。在亨利·博斯科[2]作品《穿裤子的驴》中,主人公康斯坦丁讲述了自己的往昔。当他还是个孩子的时候,他

---

[1] 莱奥帕尔迪(Giacomo Leopardi,1798—1837),意大利哲学家、诗人、散文家和语言学家。他被认为是19世纪意大利最伟大的诗人,也是浪漫主义文学的主要人物之一。但他的生活环境和体弱多病又使他有着强烈的悲观主义,使其作品带有一种特殊的忧伤情调。"坎蒂"意为歌声,是他的诗集,共收录41首诗歌。后文所引的是另一首诗歌《初恋》。
[2] 亨利·博斯科(Henri Bosco,1888—1976),法国作家,四次获诺贝尔文学奖提名。《穿裤子的驴》(*L'Âne Culotte*)是其1937年发表的小说,讲述了主人公康斯坦丁与一只穿着裤子的驴的故事。

就坐在干草上，一坐就是好几个小时。他回忆道："干草还嗅得出夏日的火热……在那里，我逐渐与温热的土地重新建立了这种既快乐又不安的接触，每每想起，回忆总会搅乱我的生活。"[23]

科莱特的《葡萄藤的卷须》是一本青春的回忆录，她在其中详细阐述了自己在春天来临之际回忆再现这一主题。她向读者说道："新草的嫩绿……将变幻的香堇放到你的鼻边去嗅那一缕不变的芬芳，闻着那穿越时光的'媚药'，你会和我一样看到，童年春景再次重现并绽放在你面前。"在列举完各式各样的香堇之后，科莱特接着写道："哦！我童年的香堇！你们全在我眼前升起，你们点缀了四月的乳白色天空，你们无数颤动的小脸让我迷醉。"[24]

赫尔曼·黑塞可能是最详尽地讨论草与回忆的联系的作家了。在作品《我的童年》中，他就谈及了自己从3岁末开始的童年时光：许多个夏天，他独自一人漫步在草丛中。在他的意识深处，童年的光景已成为"不断的美梦，永远熠熠闪耀"。他还称童年时期家庭生活的记忆"完全没有在草丛里的记忆那么清晰与统一"。文中写道："正是这些与草接触的孤寂时光才让我最强烈地体验到了这种痛苦的快感。这种快感几乎总是伴随着我们在童年道路上的四处漂泊。如今也是，青草散发的浓郁香气进入我的脑中，让我有了这样独特的感觉：无论在何时何片草坪，都找不出如此多让人感动的精美之物了。"

他接下来又写道："当我重新整理这些思绪时,我感觉之后所有我眼前看到或者手能碰触的珍贵事物……与这片草地和它的壮丽比起来,都相形见绌。"25

保罗·加登作品《西罗亚》[1]的主人公西蒙在散步时看见了草原:"突然,他发现自己一定是在多年前或是从童年起就认得这片原野,当时他就像现在这样望着它。"26 作者脑中的记忆冲击超越了童年的回忆和对景致的回忆复现与重逢,这就是心理学家熟知的幻觉现象——"既视感"[2]。

穆齐尔笔下的没有个性的人发觉,在"人生道路上"有一些"不是完全有意义的秘密画面"。乌尔里希生命中印象最深的第一个画面就是关于青春的记忆——"清晨的草原"。穆齐尔后又写道:"大家都认为这些画面只是世间短暂的一瞬,但其实不久之后,整个生命都融入其中。"27

居伊·托尔托萨[3]引用了皮耶尔·保罗·帕索里尼[4]的诗句,后者也是赞美草之回忆的作家中的一员:

---

[1]《西罗亚》(Siloé)是保罗·加登的第一部小说,带有部分自传性质,讲述了主人公在疗养院的生活以及他对自然、疾病、死亡和爱情的思考。
[2] 既视感(Déjà-vu),指人在清醒的状态下第一次见到某场景,却感觉之前也曾经历过,但"先前"经验的时间、地点和实际背景是不确定的或不可能的。
[3] 居伊·托尔托萨(Guy tortosa, 1961—),教学和艺术创作察家,视觉艺术、建筑、城市、园林和地区之间的关系专家,也是艺术评论家和策展人。
[4] 皮耶尔·保罗·帕索里尼(Pier Paolo Pasolini, 1922—1975),意大利电影导演、诗人和作家。

> 我在河岸的草滩驻足片刻
> 裸露的树木间
> 后来我起身离开，在云下前行
> 我与青春同在

此外，帕索里尼在1941年的作品《致卡萨尔萨的诗》中也写道：

> 哦，我的童年？我出生在
> 雨水散发的
> 草原与鲜草的芬芳里……[28]

打通草与童年的不仅仅是回忆复现和记忆的冲击而已。简单来讲，这其中还包含一系列行为。总而言之，小孩子喜欢在草地上玩耍，而展示他们愉快玩耍的景象也会引起大人们的情感。丹尼丝·勒当泰克写道："草坪是童年的美好之地，小孩特别喜欢草，他会把它放到嘴边、拔掉、扔走或撒的到处都是。"[29]别忘了草还会轻戳到孩子们。当他们有机会在草地或是原野中玩耍时，一天便会在他们打滚或是翻跟头中度过。在乡间，最基本的游戏活动就是在草丛中奔跑，或是在草地上将对手摔倒。因此草地上可以进行各种仪式游戏或围成圈玩的游戏。

惠特曼探讨了孩子对草的关注以及这些绿色生命给孩子带来的困惑之感："一个孩子，双手捧着草向我问道，什么是草？／该如何回答他？／我知道的并不比他多。"惠特曼就提议称草是"植物的幼儿"或是"我性情的旗帜，由绿色希望的面料织成"。[30] 雨果则是邀请孩子们走在绿草中。[31] 这种场景让他感动不已，如在巴哈拉赫[1]他所住的小旅馆的后院中，三个小男孩和两个小女孩整天都在玩"那些与他们下巴齐平的草"[32]。在此我们还得提及他想到自己已经逝世的女儿——莱奥波尔迪娜[2]时的悲伤，她生前也十分喜欢绿油油的草原。[33]

根据小说情节，艾玛·包法利[3]在听到外面孩子的笑声后备受感动："小女孩的确是在翻晒的干草中打滚[4]。她当时正趴在一个干草堆上。"[34]

众所周知，在公园中漫步的孩子只会与这些过去在草地里的嬉戏渐行渐远，稍后我们会再次谈到这点。公园里的草是用来观赏的，大部分情况下不允许践踏。这时孩子们就只能学会克制自

---

[1] 巴哈拉赫（Bacharach），德国莱茵兰-普法尔茨州的一个市镇，位于莱茵河畔，2002年随莱茵河中游河谷一并列入世界文化遗产名录。
[2] 莱奥波尔迪娜（Léopoldine），1843年她在塞纳河乘船游览时和自己的丈夫在事故中溺水身亡。雨果五天之后才在报纸上看到消息，痛不欲生。
[3] 艾玛·包法利（Emma Bovary），法国作家福楼拜创作的长篇小说《包法利夫人》中的女主人公。
[4] 本书原版为 se rendait（前往），疑有误，经译者查证《包法利夫人》法文原版，此处应为 se roulait（翻滚）。

己的欲望，像我们在博物馆里那样，用眼睛去"触摸"草地。因此在这种与草的关系中，孩子便接受了一次道德教育——学会克制和约束自我。

第三章
草地体验

你看，

我们并不总是孤独的。

看看这片草地……

  有着悠久历史的草地如今吸引了不少专家的目光。从中世纪到 20 世纪，尽管形状发生了改变，但草地的定义却没有大的改变。[1]这就是一块封闭的土地，面积有限，最重要的是永远绿意盎然；其常常位于河边并且主要是用于放牧。至少在法国，在中世纪中期，草地反映出了人们对草的极度渴望。它是当时人们的垂涎之物，更是城镇支配其所处的乡村地区的经济工具[1]。因此草地的地位相当重要。但草地的外形特征却发生了巨大的变化：它在空间与社会层面都进行了重组，18 世纪末的草地已不再是 13 世纪的草地了。此外，在法国的不同地区，草地的定义与外观也不尽相同。无论如何，从古至今，如果想要对草地进行良好的管理，那么农场经营者就应当了解每一块草地的特性。但本章所讨论的草地不同于空间、经济和社会定义下的草地。

  奥利维耶·德赛尔 1600 年出版的《农业剧》当然不是对乡野风光的赏析，而是"对世界的理性理解"，是一部对"世间万物进行完善的作品"[2]。话虽如此，但关于草地，我们还是看得出来其作品中所掺杂的情感。从某种程度上来说，这些情感也是一种审美感受，当作者提到草地的时候就是如此。在草地这一章中，他就强调了草地的"管理者"会获得的愉悦与期许的利润。他还称早在古罗马时期，就已经有人提及这双重的幸福，尤其是老加

---

[1]　因为只有城镇中的富人才能拥有例如草地等较为优越的地方，穷人只能生活在更加荒芜之地。

图[1]。在16世纪末，奥利维耶·德赛尔用简单的话语表达了这样一种观点——这片草地所带来的愉悦，是因为它的美丽："想要装饰房屋，还有什么比它更令人愉悦的装饰呢？青草生气勃勃，绿野花开正茂，令人赏心悦目。可以自由出入的草地也为人们提供了舒适惬意的散步场所。"这也是为什么"乡间本分的村民将草地，特别是围起来的草地称作宅邸的辉煌之地。"鉴于优秀的园艺师投入了"比汗水更多的心思"来打理草地，那"自然而然的，在宅院所有区域中，当然是草地最讨他的欢心"。³

"风景即体验"这句话的灵感来自勒内·夏尔的作品，这是历史学家米歇尔·科洛研究的指导方向；这句话也同样适用于草地，因为草地也是一种"生存方式"。它也有自己的个性。简而言之，草地是一个个体。弗朗西斯·蓬热曾花了四年时间望着利尼翁[2]河畔的草地沉思，感叹道："它（草地）在发怒。"草地还有着一种"死亡方式"和"特殊的延续方式"⁴。在这些情况下，草地与牧场或草原有了相当明显的区别，因为在草地里，人们不可能任由草长得过高或是过快。

不过"之所以看到草地能触动我们，让我们思考……那是因为我们和它有一些共同之处，同属于一个自然过程"⁵。草地是人

---

[1] 老加图（Caton l'Ancien，前234—前149），原名为马尔库斯·波尔基乌斯·加图（Marcus Porcius Cato），罗马共和国时期的政治家、国务活动家、演说家，公元前195年当选为执政官。罗马历史上第一位重要的拉丁语散文作家。
[2] 利尼翁（Lignon），法国卢瓦尔河支流。

类天性的一部分。有时它已经准备了一个与我们的生存方式相对应、会出现在我们命运里的一块草地。因此弗朗西斯·蓬热在作品《草地作坊》[1]中也谈到了他的情感故事。

从雨果到古斯塔夫·鲁，许多诗人都在邀请人们注视草地来感受自身内心灵魂与它的应和，聆听"万物真实的言语"。古斯塔夫·鲁写道："你看，我们并不总是孤独的。看看这片草地……"[6]

草地的特点也是多种多样。草地之所以完美，首先就在于它经常处于倾斜状态并且干净明亮，它可是这些方面的典范。弗朗西斯·蓬热认为，草地就像是"仔细修剪过"一样，是一片"一切准备就绪的地方"，进而言之，也因此是"明确的决定"与"清晰的想法"[7]的诞生之地。

重要的是草地与水的结合。草地是对雨水的回应，是"雨水绿色的化身"。之前我们就介绍过，弗朗西斯·蓬热认为草既体现了水的喷涌，也是"植物体内汁液的喷薄"[8]。米歇尔·科洛认为，草地是水的另一种形态，它没有选择从地表蒸发，而是渗入地下，"并在草——最基本的生命形式——中获得重生。"[9]

雨果在另一本诗集《光与影》[2]中细数了世上的谜题，自

---

[1]《草地作坊》(La Fabrique du pré)，弗朗西斯·蓬热1971年出版的书籍，书中详细讲述了自己早年作品《草地》的创作过程。
[2]《光与影》(Les Rayons et les Ombres)是雨果1840年出版的诗集。

问道:"主啊,您干了些什么?您创造的作品到底是干什么用的?……草地?还有那流淌在草地上的明澈溪流?……"[10]

菲利普·雅各泰对"一泻千里的江河"以及"在草地中势如闪电般穿行的水流"惊叹不已。"河流在草地的另一头闪耀。"我们先在两块沉睡的草地间发现它的踪迹:"那真是个奇观,引人入胜……多么美妙的光芒,却不在更显眼的天上,而是如此谦逊地在地上流淌。"在常来的这片水域中,菲利普·雅各泰感悟到它是世上流动性与脆弱性共存的地区之一,这让我们更有勇气去面对死亡[11]。

无论是灯芯草间的一汪水洼或是石头间默默涌出的清流,泉水总给人一种在草地中沉睡的感觉。何克律自问道:"面对着才脱离黑暗魔爪并且熠熠闪耀的泉水,我又怎能不被深深吸引呢?"这就像是快乐的宁芙[1],她"从牢笼中被释放……张望着树木、小草和湛蓝的天空"。何克律最后总结道:"宝蓝色的清泉倒映着大自然,我们感到泉水清澈的目光中透出一种神秘的柔情。"

何克律还自称是清泉的秘密情人,邀约散步的男孩将石头挪开来欣赏泉水涌出的画面,"不久,他就会重新变得愉快、单纯、心地朴实"。在溪流的源头附近,几乎听不见溪水的低语,必须在一些地方"将耳朵贴到地上才能听到水流的潺潺声和被践踏的小

---

[1] 宁芙(Nymphe),古希腊神话中的次级女神,有时翻译为仙女,她们出没于森林、肥沃的山谷、河流、山脉和洞穴等地,是自然幻化的精灵,青春美丽、喜好歌舞。

草的哀鸣"。在他眼里，这些清泉代表着世界的青春，昭示着人类的诞生[12]。

在《溪水的历史》这部作品中，他就草地与河流的结合侃侃而谈："虬曲交织的草地根系牢牢抓住深渊的上层泥土。灵巧地沿着松散的河滩奔跑，用脚踩踏河岸边大块的泥土再迅速跑开以免掉入河里，这就是我们这些村里小孩当时最大的乐趣。"

在草地上流淌的小溪和不规则的水迹是草地最重要的组成部分。让·季奥诺在小说《再生草》中曾提及草与一条"在草地里渐渐变宽"的溪水的结合。最开始，溪水只是简单地从倾倒的青草中流过，接着它发出了"呼噜声"，在晚上，"我们只看得到它那只草绿色的眼睛在闪光与窥探"。离房屋不远处的另一条溪流"蓄着脏草胡子，低声埋怨雨水太多……它总是板着脸……这些溪水总是这样"[13]。在小说《人世之歌》中，让·季奥诺俯身观察春天草地中的溪水："流淌的水在草下跳舞，冲刷着泥土。"[14] 弗朗索瓦丝·雷诺在其作品《草中丽人》中提到草地里的涓涓细流给她带来的感受，她写道："它发出咯咯的爽朗笑声，这笑声那么清脆，以至于让人们以为是这片土地在歌唱。"[15]

池沼也是如此，只不过比起河岸它们在作品中出现的频率要少一些。在托马斯·哈代的小说《远离尘嚣》[1]中，波德伍德向芭思希芭求婚的地点就是一片"欢乐与和谐交织的"草地。那里有一个水凼，在其附近，"草地汲取了水汽，泛着美丽的祖母绿色，而附近的其他草地则被鲜花点缀"。[16]

在弗朗西斯·蓬热看来，草地都披着最统一、朴实和谦逊的绿衣。草代表着细微的事物，它"在地上延展，像是大自然提笔一气呵成画出来的，像是自然最后的成就之一，也是自然最完美的归宿之一"。草地是植被最简单的形式，是世界的基础之一。[17]与公园中的草坪不同，草地可供大家自由进出，这也是我们为什么喜欢它的原因之一。

草地是绿色，所以它能给人一种愉悦与放松的感受。它的颜色源自其脆弱的鲜嫩之感，这种透着酸涩的绿由好几层绿色构成。草地还有许多其他的特点。草的生存方式和最质朴的摆动赋予了草地和善的外表，让其显得迷人却不刺眼。在弗朗西斯·蓬热看来，草的舞动有时是"灵活一致的默从"[18]。

草地传递出丰富而又多样的感觉信息。它在鸣响。兰波在《彩画集》[19]里将草地比作大师演奏下复活的大键琴。弗朗西斯·蓬热认为，巴赫《第五勃兰登堡协奏曲》的第一乐章就像是对草的

---

[1]《远离尘嚣》(*Loin de la foule déchaînée*)，托马斯·哈代早期的长篇小说，首次出版于1874年。讲述的是女主人公芭思希芭·埃弗汀与三个男人（奥克、波德伍德和特洛伊）之间的故事。

描述。这种听觉享受正源于草地的气息、呼吸与喘息。阿尔封斯·都德[1]就曾描绘过草地的音韵与香气让区长深深迷醉的状态。当时青苔下的泉水发出的音响宛如天籁,香堇引诱他去嗅它们散发的芳香。[20]

吕西安·费夫尔[2]曾指出,16世纪的人们已有他们自己运用感官的方式,特别是嗅觉。杜·贝莱[3]关于草地的描写就佐证了这点:

> 百花争奇斗艳
> 永不磨灭的活力
> 让草地绿色的荣颜
> 芬芳满溢[21]

傍晚、子夜、清晨或是正午的阳光下,不同时段对草地的观察会带来不同的情绪。菲利普·雅各泰提及了"不是在正午而是在夜晚,观察更加模糊与辽阔的"草地时的感受。高高的草:

---

[1] 阿尔封斯·都德(Alphonse Daudet,1840—1897),法国现实主义作家,曾以战争生活为题材创作了不少爱国主义的短篇小说,较为著名的有《最后一课》《柏林之围》。引文选自其作品《磨坊信札》,在这本书中,他以信札的形式叙述了发生在其故乡普罗旺斯的奇闻逸事。
[2] 吕西安·费夫尔(Lucien Febvre,1878—1956),法国历史学家,与布洛克皆为年鉴学派的创始人。
[3] 杜·贝莱(Joachim du Bellay,1533—1560),文艺复兴时期的法国诗人。他与龙沙同为七星诗社的成员,1549年出版诗社最著名的宣言《保卫与发扬法兰西语言》。

曼妙轻盈，摇曳着，略有惊扰不过没有表现出丝毫的恐惧。更确切地说，它是在雨燕飞翔的漫漫夏夜里轻摆着。

……看着永恒、脆弱并且终将枯萎的绿草，我们想起了故事，想到了暴力的历史。

（草地）富而不奢，丰而不臃……一片热闹、舒适、安心与清新之地。（晚上）天空下的地面开始发生变化：它开始分裂、变轻、晃动并上升……

大地上，广袤的草原在无声地运动，随风飘动的草原上繁花朵朵。细直的草枝微微颤抖……尽管它们深扎黑土，却仍显得弱不禁风。[22]

就在菲利普·雅各泰生活的前一个世纪，夜幕降临后，莱奥帕尔迪望着窗外草中映出的月光，思索着：

……月落之时愈近

明月愈大，直至

落入草地的中央！

月亮……在草地中央

失去光辉缓缓变暗

在周围，所有的草在升腾！[23]

约翰·济慈在作品《夜莺颂》中也赞美了夜晚原野中的草：

我看不出脚边的是什么花

但在黑夜里，我猜想

此时节把哪些馥郁芬芳给了

草和树丛……[24]

菲利普·雅各泰描写过那些早早出门的散步者对草地的印象："清晨空旷的道路旁，人们会以为遇见了沉睡中的草地。黑暗、潮湿、寒冷与静谧笼罩着……"[25] 在这短短的文字里，草地再一次显示出比起其他事物，它能激起人们更多的情感。在正午，拉马丁感觉太阳的光辉"像一张湿透的网在草地上流淌！"[26]

当然，随着季节的改变，对草地的凝视也会激起不同的情感。四季之中，春天往往会让人感受到独特的喜悦。梭罗就描绘了马萨诸塞州春天悄至、大地披绿的景象："风变了……曾在草枝上叮叮作响许久的小冰晶，和它数以百万计的同伴，开始沿着绿草向下滴落……青草仿佛穿戴上了无数珠宝，游人路过踩在上面时，它们发出愉悦的叮当声，当游人来回走动时，它们还反射出彩虹的光芒。"[27] 早春时节，爱默生穿过乡间一处空旷的草地，走在融雪的水坑里。他写道："无须刻意去想一件幸福的事情，我已经欣喜若狂了。"[28]

巴纳斯派代表诗人勒贡特·德·利勒[1]曾肯定地这样描述六月：

> 草地带着湿润青草的芬芳……草坪里满是悦耳和谐的音韵。[29]

一个世纪之后，考珀·波伊斯，这位对春意所唤情感的不倦分析师，详述了五月当人们还没听见昆虫的窃窃私语时，草甸中报春花的香韵所产生的情感冲击：

> 在萨默塞特郡[2]，绚丽的报春花香气还有一丝腼腆和颤抖，但这香气却带有一种强烈的悲剧意味。报春花花瓣柔软，新叶微微蜷缩，粉嫩的枝叶一触即碎。这其中的某种事物让草的芳香从全身散发出来，而其他花则是花瓣含香。报春花散发香味的地方更多，在空气中飘散的，是它们的精华所喷涌出的生命。[30]

---

[1] 勒贡特·德·利勒（Leconte de Lisle，1818—1894），出生于留尼旺岛，曾参与1848年的法国革命，创作了三部诗集：《古诗》（1852）、《野诗》（1862）、《悲诗》（1884）。巴那斯派是法国19世纪60年代兴起的一个诗歌流派，反对浪漫主义的直抒胸臆，倡导艺术形式的"唯美主义"，诗歌造型精巧美丽。或译为高蹈派，强调"为艺术而艺术"，重视形式。

[2] 萨默塞特郡（Somerset），位于英格兰西南部，北临布里斯托尔湾。该郡有两个城市，巴斯是最大城市，另一个是韦尔斯。

在后面的描述中，考珀·波伊斯描写笔下人物在草地中突遇春雨时，这样评论道："雨水与其他液体的区别，就是这雨的香气、味道与神秘。"[31] 菲利普·雅各泰在他的两首诗歌——《五月的草地》和《五月》——中再一次吐露了对这片草地的特殊情感。春天在诗中被称作"草之庆典、草地的节日"。于是，"新生的草地……显得更加质朴与单纯……同时也更奇特。尽管如此，但也更加值得尊敬不是吗？""地上，这千万个脆弱、轻盈的事物，这已泛黄的绿色，这明亮而纯净的红色……它们（虞美人的花瓣）是否是红色编织的空气碎片……草和虞美人与我的脚步与生命，交错而过。"

> 眼中五月的草地、目光中的繁花和思绪与红、黄或蓝的光芒相遇，它们与遐想、青草、虞美人、大地和矢车菊、千万足迹中的这些足迹，千万日子中的这一日交织在一起。[32]

在莫里斯·哈布瓦赫[1]之后，需要指出的是，自我[2]童年起，可能比起田地、树林或是森林，草地与其所有者或是经营者有着更为紧密的联系。它会以自己的方式从他们那里继承其性格特征。

---

[1] 莫里斯·哈布瓦赫（Maurice Halbwachs，1877—1945），法国著名历史学家、社会学家、哲学家，1925 年开创了集体记忆理论。集体记忆是指在一个群体中或现代社会中人们所共享、传承以及一起建构的事物。
[2] 此处的"我"指本书作者阿兰·科尔班。

但令人惊讶的是，作为草地体验的敏锐分析师，菲利普·雅各泰与弗朗西斯·蓬热并没有探讨到这一点。我记得在童年和青年时期隐藏在树篱林地中的草地与其主人或佃户（农民）的相貌、性格和社会地位密切相关。

我还想说，在树篱林地里，当林地间十分拥挤时，草地的身份和它所激起的情感将与树篱的存在密不可分。任何情况下都不能将树篱与灌木丛甚至是矮树林或是森林搞混。最后要注意到，当树篱存在时，这些植株的距离远近会通过某种方式影响草地所带来的印象，草地周围的树篱总是引人担忧：由于荫蔽在树篱下，草地不再光彩照人。

除了感觉草地是我们天性的一部分之外，对草地的渴望也源于一直都在被提及的多感官与存在体验，尤其是在春季，这种体验让人恍若置身于天堂。注视着草地，感受脚踩在其中的感觉，体会到它的硬度、芬芳、气息与呼吸，有时聆听或者欣赏其静谧，这使它成为一处令人神往的遐想之地。正如菲利普·雅各泰说的："草原在地上低声吟唱，抵抗着死亡；它们谈论着空气与天空，它们低声私语：空气有灵，大地继续呼吸。"[34]

第四章
草原或『丰茂之草』

我爱我走过的路

饮过的泉,坐过的椅凳

脚下踏过的草地

在我心中,一切皆有位置

自中世纪以来,草原在专业词典中的定义就是覆盖有来自不同区系植物的区域,面积普遍较大,可用于放牧或是定期收割牧草作为青饲料或冬季饲料。[1] 于我们而言,草原的基本特点是广袤无垠、各类植物与花卉不计其数、刈割前青草长得茂密挺拔,等等。当我们看到、嗅到或是触摸草原时,正是这些景象决定了草原会给我们带来什么样的感官享受。同时,这也是草原与草地的不同之处。

保罗·加登就曾描写过草原的富饶。看看他是如何说的:《西罗亚》主人公西蒙望着阳台前的草原,他发觉原野"是热腾腾的,就像是在傍晚余晖下摊开的身体。草原又像被填满的生命,平静而缓慢地呼吸着。阳光在上面翻滚,花朵、牲畜乃至大地都为之喜悦。在这天地间……仅有草原与太阳的相会,从中还透出爱的气息。这壮丽的相聚,是对幸福的非凡呼唤"。[2] 前一晚,当西蒙看见这片原野时,他突然十分肯定童年时自己便认得这片原野,当时他也是这样望着它。[3] 作者在后文中评论说,草原就是一切的概括:它将万物填满。"这片外表千篇一律的草原,虽在西蒙看来只是不断重复,但却需要相当长的时间才能慢慢了解它……是的!要学会长时间和它独处,伸展四肢,在月下躺着问询它的蜿蜒起伏,了解它在晚上到底在做些什么。"[4] 保罗·加登描述的这些行为不禁让人联想到致力于创作《草地作坊》的弗朗西斯·蓬热。不过除了上述在草原中的行为外,在《西罗亚》中,草原还是神秘女主人公阿丽亚娜现身的地方。

多米尼克-路易丝·贝勒格兰[1]曾总结了草原给人留下的印象与激起的感情。草原是一处"心灵可以工作与停止、吃草与反刍、前进与休息、赶苍蝇与观白云",并创造幻想中草原的空间。[5]

现在让我们更详尽地讨论草原的魅力,勒内·夏尔曾将草原称作"载满白日的宝盒"[6]。某日早上当内瓦尔[2]打开窗户时,他十分欣喜地发现草原成了绿色的地平线。宽阔无垠的草原一望无际,给人以视觉的愉悦。草原正在自我欣赏。

公元2世纪,小普林尼[3]向他的朋友阿波里奈夸耀自己在托斯卡纳的居所,这处房屋坐落于亚平宁山脉下一块广阔的平原上。他以之前我们提到的作家采用的方式,开始赞美草地:"草地繁花似锦,上面长有三叶草等植物,它们总是那么柔嫩、汁液饱满,就如同刚萌芽一样。正是这些永不枯竭的溪水的滋养,它们才长得如此蓊郁。"

但小普林尼接着写道:"屋的一边是片草原……它那自然之美引人入胜。"门廊的尽头便是饭厅,饭厅的窗户朝着"草原和一

---

[1] 多米尼克-路易丝·贝勒格兰(Dominique Louise Pélegrin, 1949—),法国作家,曾担任某杂志社会方向记者。
[2] 热拉尔·德·内瓦尔(Gérard de Nerval, 1808—1855),法国诗人、散文家和翻译家,浪漫主义文学代表人物之一。
[3] 小普林尼(Pline le Jeune, 61/62—约113),罗马帝国律师、作家和议员。由叔叔老普林尼帮助抚养和教育。小普林尼最著名的是他的书信,内容涉及罗马上层社会几乎所有的生活问题,为后人提供了当时罗马社会生活和政治的详细描述。

望无垠的乡野"[8]。在这段为托斯卡纳的居所写的赞歌中，小普林尼就将草地与草原区分开来。他赞颂着视觉的愉悦和对空间的欣喜，这空间已经超出了在他前一个世纪生活的诗人们笔下"世外田园"[1]的范围。

文艺复兴时期，人们又和这种愉悦建立了联系：照龙沙所说，他和同时代的人一样，会在草原漫步，这也是他在1554年命名为"乡趣"的活动之一。在前一年，任职马勒伊莱莫[2]神甫的他决定前往自己的住所，而当时的巴黎，瘟疫正在肆虐。

> 自清晨……
> 迷途的我从田野中离开
> 呼吸着空气，欣赏草原的美丽[9]

瓦朗坦·贾梅利-杜瓦尔年轻时经常旅行。18世纪初，在一次旅行中，草原风光使他欣喜不已。他发现在视野尽头，高高的道路两侧有着"一片世上最美丽、最明媚的草原。草原上许多溪水流淌……在各式各样的景致中，最让我痴迷的，是围在水潭边

---

[1] Locus amœnus，拉丁语，意为安乐舒适之地，通常是一片美丽、阴凉的草坪或开阔的林地，有着田园风光，类似于伊甸园或是中国的桃花源。最早可追溯到荷马的文章。本书全文统一译为"世外田园"。
[2] 马勒伊莱莫（Mareuil-lès-Meaux）位于法国法兰西岛地区的塞纳-马恩省，距巴黎几十公里。

的芦苇与剑兰……那清风拂过芦苇的沙沙声和栖息在芦苇荡中小鸟的啁啾,带给我如此强烈又透彻的喜悦,没有任何言语足以描述这种感觉。"在幸福时光结束时,瓦朗坦写道:"我整天在草地上漫步,沿着溪流徘徊,默默向它们道别。"[10] 按照他的说法,正因他在写作时,草原在其敏感心灵所留下的印记让他喜悦万分,所以在年老时所写的青春回忆录中满是关于情感回忆的夸张用语。

19世纪初期,从对"如画"的追求角度出发,威廉·吉尔平[1]十分欣赏草原,因为草原可以完美融合到画作之中,还可增强画面的多样性。草地以及任何绿色的斜坡可让人一览无余,目之所及,皆旷世美景。草原如釉彩般艳美,草叶随风舞动,这一切无不让其如痴如醉。与此相反,威廉·吉尔平对围起来的麦田就深恶痛绝。[11]

随后,法国迎来了浪漫主义时期,莫里斯·德·介朗述说了在这片草原中所感受到的情感。他多次赞美了"拂过低垂青草的草原之浪"[12],因为他将其视作自己的灵魂。

在《约瑟兰》这首诗歌中,拉马丁的一系列追忆就是为了赞美"欢乐之谷"——实际上就是一片草原,那里就是"鹰之岩洞"的所在地。下面这一选段就像是一首永无止境的草原颂:草原上"只有风留下的绿色沟壑"。

---

[1] 威廉·吉尔平(William Gilpin,1724—1804),英国国教牧师、艺术家,美学领域"如画"概念的创始人之一。

> 柔软风浪拍打的小草
>
> 在我脚下散发出万千味道
>
> ……
>
> 溪水的浪花打在鲜花绽放的河岸
>
> 如同乳汁消散于绿意盎然的溪畔[13]
>
> ……

这首诗虽略显普通,但它仍可以让我们发现其中对草原的暗示,这简短的暗示证明了草原的影响力。

从中世纪开始,对草原的回忆首先就是提及或描绘点缀草原的朵朵繁花。草原是绚丽多彩的,我们将会看到一些较为现代不过却十分重要的例子,通过这些例子可以精确地说明这种特点所带来的情感本质。

马塞尔·普鲁斯特在作品《让·桑特伊》和《在斯万家那边》中,对草原上的花朵有许多赞颂,尤其是黄花九轮草、报春花、虞美人、香堇以及毛茛。在描述长满毛茛的草原时,他下笔描写了这些小花带给他的感受:这片区域"是它们选择在草中嬉戏的场所,它们要么一枝独秀,要么三两成群。其色如蛋黄,由于只可远观而不可采食,我便把观赏这些花朵的愉悦慢慢聚集到它们金黄的外表上,直至它强到足以创造出一种无用之美,因此在我眼中的毛茛更加光彩照人;我从孩提时代起就这样做了,虽然当时我还不能叫出它们那些如同法国童话故事中王子般动听的名字，但我已经向那些长在纤道上的花朵张开了怀抱。几百年前，它们也许从亚洲迁到这里并安家落户，对周围朴素的环境很知足"[14]。

我重复一点，斑驳的草地上总是长满了茂密的草。这也吸引了雨果的目光。1837 年他在写给妻子阿黛尔的信中曾提到，索姆河两岸的风光都像是小小的佛拉芒绘画。水流与河岸近乎齐平，"秀美的岛屿……到处是长满青草的幸福草原，还有若有所思的漂亮奶牛"[15]。在 1839 年的作品《莱茵河》中，雨果又写道：过了迪南，默兹河就变宽了，"只见眼前一片绿色的绒毯，上面还绣着花朵"；过了于伊[1]后，"没有什么比这草原更有生气了"[16]。

菲利普·雅各泰就曾详细描述了自己在看到草原的绚丽多彩后的陶醉之情。某年夏天，为了去探望一位即将离世的朋友，那几天他每天都会穿越一片辽阔草原，草原里百花争艳，他思忖着这片草原带来的欣喜。起初他还确信这情感仅仅是因为它所带来的惊喜：那些早晨，蓝色、黄色和白色的花朵就那么真实地出现在了自己眼中。但他很快就觉得，这不足以解释"那种隐约的欢腾"。他想要进一步探究。菲利普·雅各泰这样写菊苣花的蓝色："草原里散落的，是雨夜过后的天空，是露水和草中空气的碎片。"

---

[1] 迪南（Dinant）是比利时瓦隆区那慕尔省的城市；默兹河（Meuse）也称马斯河，发源于法国香槟-阿登大区上的马恩省朗格勒高原，流经比利时，最终在荷兰注入北海；于伊（Huy）是位于比利时列日省东部默兹河河谷的一座城市。

但是,"蓝色中混杂与融合"的黄色却是亮黄色,它"近乎平淡、无足轻重,没有任何引人注目的背景,没有任何深度……平淡而又质朴"。白色也是一样,它"实际上也没什么特别的";菲利普·雅各泰质疑其主观自相矛盾的感受:"难道正因为……我无法阐释草原中的这些花朵,所以霎时在我看来,它们仿佛是理解这世界和另一世界——珀耳塞福涅[1]摘花时将其吞没的冥界——的关键钥匙?"[17]

仅仅凝望着草原还远远不够。最后我们还需要探讨在草原中的穿行(喜悦的源泉)以及原始的快乐。那些将草原珍藏在记忆中的人讲述出了在此地感受的原始之乐。与普通的草地不同,人们可以在草原中长时间游走、漫步以及穿行,这就是丹尼丝·勒当泰克口中19世纪在"丰茂之草"中的漫步。漫步其中可以让我们感受到风的律动、草的起伏和广阔草原中的雨滴。人们起初就有想要在草地中长时间行走、踏着青草、横穿草原和探寻其深处的欲望。简而言之,就是走动中的身体对草的一切感知。我们要分清想要长时间在草原中漫步的欲望,以及踩在青草上所带来的愉悦享受二者之间的区别。

在克罗宗[2]近郊的田野与沙滩上漫步的福楼拜这样呼喊道:

---

[1] 珀耳塞福涅(Perséphone),宙斯和农业女神得墨忒尔的女儿,在一次和其他仙女采花的过程中,驾着马车的哈迪斯突然从地缝中升出将她抢走。这里的另一个世界就是指的冥界,与上文作者的朋友即将离世呼应。
[2] 克罗宗(Crozon),位于法国西部布列塔尼菲尼斯泰尔省。

"上路！天蓝如洗，晴空万里，我们的双脚渴望踏在青草之上。"[18] 1822年，威廉·哈兹里特[1]就写到了这样的乐趣："头顶蓝天，脚踏青草……我笑，我跑，我跳，我高兴地歌唱。"[19] 事实上，一旦有了这样的欲望，人们就经常抑制不住想要动笔书写自己的愉悦之情。莫里斯·德·介朗在1832年就描写了脚踏青草时的欣喜：

> 我爱我走过的路
>
> 饮过的泉，坐过的椅凳
>
> 脚下踏过的草地
>
> 在我心中，一切皆有位置[20]

欧仁·弗罗芒坦在《多米尼克》中的表述则更为清楚：四月末的一天，多米尼克在如花园般的草地中穿行，阳光让云雀高唱，昆虫在高高的草丛上晃动："我快速地走着，仿佛是被这光浴、新生植物的香气和春天空气中充满的青春气流所渗透与刺激。这种感受既柔和，又炽热。我感动得热泪盈眶，但并没有丝毫的忧伤或无谓的同情。继续行走的愿望一直萦绕着我。"返回后，多米尼克感到浑身上下"充满了绝妙奇特的情感"[21]。

---

[1] 威廉·哈兹里特（William Hazlitt，1778—1830），英国散文家、戏剧和文学评论家、画家，被认为是英语历史上最伟大的评论家和散文家之一，对莎士比亚的评论最为出名。

雨果在许多游记中描述了其经常穿行在草地中。在被他称作徒步旅行或散步的过程中,"漫步抚慰着[1]幻想"。只要"露水在草尖颤动"[22]、鸟儿高声歌唱、阳光熠熠闪亮,定会乐在其中。

与此同时,在大西洋彼岸的美国,梭罗在名为《散步》的讲演中肯定地说道:"一个人的农场需要多少粪肥,那么他的健康就需要欣赏多少英亩的草原。它们才是人汲取能量的食粮。"在讲演的过程中,他回忆道:"纯净的夕阳余晖为枯枝残叶镀上了金色,霞光是那么柔和,那么安详,以至于让我感觉从未沐浴在这样的金色波涛中。"[23]

在英国,自伊丽莎白一世统治以来,在草原中行走已经成为司空见惯的事情,尤其是在5月1日[2]。当时散步就是为了反抗世界的腐化堕落。19世纪初的浪漫主义文学就在不断述说这种行为。

依波利特·泰纳[3]和后来的保罗·加登等作家就表述了在及膝的草地中行走时所激发的特殊情感。英国女作家伊丽莎白·古吉[4]着重描写了这些情感,她的作品在当时收获了巨大的成功,

---

[1] 本书原版为 berne(愚弄,嘲笑),疑有误,经译者查证雨果该作品原文,此处应为 berce(摇晃,抚慰)。
[2] 根据本书作者的回应,这里可能与欧洲传统节日"五朔节"(May Day)有关,是英国传统的庆祝春天回归和万物复苏的节日。
[3] 依波利特·泰纳(Hippolyte Adolphe Taine, 1828—1893),法国评论家和历史学家,实证史学的代表人物。
[4] 伊丽莎白·古吉(Elizabeth Goudge, 1900—1984),英格兰小说家、短篇故事和儿童文学作家。最著名的文学作品为1946年荣获卡内基奖章的《小白马》。从20世纪30年代到70年代,她在英国和美国都是畅销书作家。

不过如今已经淡出了人们的视野。《龙胆山丘》是一部关于草的小说。女主人公斯特拉在草原里穿行,草原之美无疑是中世纪"世外田园"的翻版,"走进开满滨菊的及膝草丛中,斯特拉如同花草一般摇曳着,虽然嘴唇默不作声,但她听到了欢快升起的灵魂之音,美妙的音律让脉动显得更有节奏"。[24] 何克律也提到了这种独特的乐趣:从刚刚被收割还满是牧草香气的草原走到繁花似锦的草原。[25]

正如叙述或是想象中的那样,与草原上的青草接触所带来的欢悦有时会强烈到让人有想要奔跑的欲望。赖纳·玛利亚·里尔克认为这是庆祝"神圣之春"的一种方式:"赤脚横穿染上第一抹绿的草原,嫩草小心翼翼又温柔地挠着小脚丫;蹦蹦跳跳地追逐着眼前四散飞舞的蝴蝶……迷失在无限的淡蓝色中,多么让人欣喜不已呀!"[26]

许多小说家都高歌在草原中奔跑的乐趣,我们试举两个例子。玛丽花在欧仁·苏[1]的作品《巴黎的秘密》中扮演着重要角色,从载着她出巴黎的车上向外望去,她看到了圣旺[2]附近的一片绿地。她惊叹道:

---

[1] 欧仁·苏(Eugène Sue,1804—1857),法国作家。最出名的是他的两部连载小说《巴黎的秘密》与《流浪的犹太人》。这些作品描绘了贵族的阴谋和广大群众的艰苦生活。玛丽花是书中的妓女,也是主人公鲁道夫失踪的亲生女儿。
[2] 圣旺(Saint-Ouen),法兰西岛大区塞纳-圣但尼省的一个市镇,位于巴黎北郊,巴黎跳蚤市场的所在地。

我多么想在这片草原中肆意奔跑呀……

鲁道夫回答道:"孩子,那我们就一起跑……车夫,停一下!"

——什么?鲁道夫先生,您也想跑?

——是的……奔跑也会使我快乐……

鲁道夫与卖唱者(玛丽花)牵着手,在刚收割完刚刚长出新草的茫茫草原中,跑到气喘吁吁。蹦蹦跳跳、欢乐的低声喊叫或是兴奋都不足以描述玛丽花当时的心情……她陶醉地呼吸着新鲜空气。她在草地里来回奔走,停下来又再次出发,每次都迸发出新的情感。当看到幸免于第一次霜冻的几丛雏菊和毛茛时,她完全抑制不住自己的欣喜,大声欢呼起来。[27]

左拉在其作品《穆雷神甫的过错》中就有对陷入草原之乐最生动的描述。这段描写正好在小说高潮的情色场景之前:在帕拉杜的边缘地带,阿尔比娜与赛尔日"刚走进了草原中。在他们眼前,芳草连天……草丛长满如同天鹅绒般的绒毛;这些翠绿的草嶂在远处逐渐褪去了鲜艳的颜色。地平线边,它们在刺眼阳光的照射下淹没在明亮的黄色光芒中……飘舞的尘土让草尖泛着点点亮光。当风自在地拂过这片赤裸的寂寥之地,草就像被抚摸的植物,随风而颤抖,如同粼粼波光……"

阿尔比娜与赛尔日"行走在绿草及膝的草原中。他们感觉像是在清水中前行，水流还不时拍打着他们的小腿肚。有时他们仿佛遇到了真正的'水流'，高高的草枝弯曲如溪流一般，在他们两腿间还传来了青草流过的声音……"

接下来就到了赛尔日的过错与悔恨之时。阿尔比娜使他回想起了这次漫步，仿佛这是他们经历过的最为猛烈的一次步行："哦！草原里的小径……你一点儿都没印象了吗，赛尔日？你已经不记得这些穿过绿色海洋并铺满细草的小路了吗？""草径柔软，绿茵无垠，如丝绸般顺滑……我们当时还称这是绿色的海，满是苔藓的海水抚慰着我们……"赛尔日也认出来了："不久前，他们为了隐匿在草原起伏的绿浪中，曾希望草长得比自己还要高……"28

观赏草地上的行为与欢乐场景的时间长短会根据时刻的变化而有所不同。在夜晚，绿色的天际线与草原的色彩都会变得模糊不清。莫里斯·巴雷斯[1]在其作品《圣山》中写道，草原在沉睡时，向我们展示出了"一张温柔、有力又阴郁的脸庞"。当青草的颜色渐渐模糊，甚至就像是雨果说的那样变成黑色，草原就变成了鬼魂四散的地方。

我们之前提到了菲利普·雅各泰在夜间面对草地时心中的情

---

[1] 莫里斯·巴雷斯（Maurice Barrès，1862—1923），法国小说家、记者和政治家，是最早的法国民族主义者之一。《圣山》（*La Colline inspirée*）发表于1913年，讲述了在一个山丘上发生的关于正统与邪教的故事。

感,而另外一段文字表达了黄昏时分,第二天准备散步的草原带给他的情感。青草变成了"暗绿色,近乎是黑色"。他怔住了,"仿佛在某个特定的时间,我们自己生命中的某个秘密会在这片普通草地上出现,或是虽然隐藏但却在呼唤着"。随后作者又自问这个召唤的性质:"这片近乎黑色的草地……悄悄向我说话,它的话语似乎那么模糊,但却那么令人无限安心,难道它对我撒了谎吗?我的视线没法从它上面移开……地上的这片草地似乎在向深处张开和凹陷,也许是为了使我穿越厚重的时间夹层,把我带回古老的事物中去。"29 我们终会回忆起过去。

不过,在19世纪上半叶,位于美国西部的另一片草原吸引了人们的注意。大草原[1]是历史和文学中存在的角色,它塑造了大众想象中的美国,这比电影中人们熟知的北美大平原所塑造的美国还要早。30

乔纳森·卡弗[2]是最早一批乃至第一位在拓荒者涌入大草原前对其进行细致描述的作家。其作品可追溯至1763年10月。但

---

[1] 这里谈论的是詹姆斯·费尼莫尔·库柏(James Fenimore Cooper)边疆五部曲《皮裹腿故事集》中于1827年发表的《大草原》,也是这个故事集的大结局,描述了年老的邦波如何在西部大草原上结束自己的一生。该故事集包括五部长篇小说,按故事情节发展的顺序,分别是《杀鹿人》(1841)、《最后一个莫希干人》(1826)、《探路人》(1840)、《拓荒者》(1823)与《大草原》(1827)。北美大草原也称普列里草原或北美大平原,即专指连接加拿大及美国的特大平原。这里最初是大草原,不断西进的垦荒者对草原的开发与破坏使其变成了如今的大平原。
[2] 乔纳森·卡弗(Jonathan Carver, 1710—1780),探险家和美国作家。出版过《1766,1767,1768,穿越北美洲的内陆地区》,该书生动地描绘了密西西比河上游河谷的富饶土地和印第安居民。

是直到费尼莫尔·库柏的《大草原》，草原才真正成为小说的中心。这部出版于1827年的小说迅速被翻译至欧洲，并在法国取得巨大成功。

费尼莫尔·库柏展示了19世纪中期美国大草原未遭破坏之前的景象。他将草原上起伏的青草描述为"无边的沙漠"，就如同"无垠如海洋的平原"一般。他还写到了草原"完全的孤独"与沉默下的庄严。这些"青翠的草原"看起来相差无几，但事实上它们是由各种各样的草构成。低洼地带的草长得格外高，它们形成了厚厚的保护层，使人得以藏形匿影。在危险来临之际，他可以把身体和头藏入其中。"红皮肤"[1]的人知道如何在这片浓密而寂静的草地下匍匐前行，这片如同羽毛般柔软的草丛可以掩盖除脚步声以外的其他声音。

每隔一段时间，大火就会把草原变成一片嘈杂的火海。费尼莫尔·库柏笔下小说的主人公猎手说道："如果我们待在此地（而火势却在蔓延），我们就会像眼前的蜜蜂一样：燃烧的稻草熏着蜂巢，而蜜蜂则在稻草四周飞散……您已经可以听到火焰的声音了。根据我的经验，当草原上的草一旦着火，要想跑得比火快，我们的大腿得足够强壮。"但猎手保证这是绝对不可能的。

---

[1] 这里指的是美洲原住民。

草原上的绿浪驱赶走了森林，只有长着大橡子的橡树才会打断草的波浪，这些橡树似乎就是草原上的哨兵。大草原上栖息着鸟类，还有那奔腾的野牛。至于住在那里的印第安人，他们的部落可不同于大平原上的部落。他们是骁勇善战的德拉瓦人与波尼人，坚信英勇就义将把他们带到"人民的真福草原"[32]。

草原已成为历史。从19世纪中叶起，大草原就遭到了破坏。这场以印第安人失败而告终的战役唤起了例如约翰·缪尔[1]以及此后奥尔多·利奥波德[2]等具有环保意识的先驱对往昔的怀念。奥尔多·利奥波德在20世纪上半叶定居于威斯康星州，长期以来一直积极追寻大草原的遗迹。他思考并分析了这片草原消失的过程。

在与印第安人的战斗中，野牛种群开始遭到破坏，大草原上到处都是农场和篱笆。更严重的是，草原上已经出现了经由新泽西州与纽约州入侵的欧洲"杂草"。这是一种名为旱雀麦的杂草，奥尔多·利奥波德十分唾弃这种草并对其进行了详尽的描述。旱

---

[1] 约翰·缪尔（John Muir，1838—1914），美国早期环保运动的领袖，创建了美国最重要的环保组织塞拉俱乐部。他一生发表了300多篇文章，出版了12本书。他的信件、散文和书籍，描述了他在大自然中的冒险经历，特别是关于加利福尼亚的内华达山脉的描述，被广为流传。
[2] 奥尔多·利奥波德（Aldo Leopold，1887—1948），美国作家、哲学家、科学家、生态学家和环境保护主义者。他是威斯康星大学的教授，《沙乡年鉴》即是他的著作，至今已销售超过200万本。这本书对当今环境伦理学的发展及荒野保护运动有着很深的影响，书中提到每年7月是大草原的生日，如今只有位于墓地某处的"幸存者"（后文提到的松香草）知道这件事情。

雀麦"长得茂密，每根茎的穗子上长有尖尖的胡须"，这些黄色的杂草还易燃，且无法被野牛或家牛采食。

同时，草原也和火灾——这个抑制森林扩张的昔日盟友——渐行渐远。1850—1860年，火灾渐渐消失了。孩童时期的约翰·缪尔居住在马凯特县，他有幸得以见到新生的森林开始覆盖原本的草原地带。在短短几年间，草原上的青草、结着大橡实的橡树以及不计其数的稀有的、脆弱的、微小的植物都消失得无影无踪。例如奥尔多·利奥波德描述的"洁白的"薹苈：没有人会去吃它，因为"它太小了。没有诗人会去讴歌它……这是个无足轻重的生命——只是个能出色地完成一件小事的小生灵。"

自此，一项保护大草原遗迹项目的想法开始萌芽。奥尔多·利奥波德一直致力于此，他先是负责新墨西哥州的第一个"野生动植物保护区"，然后又在威斯康星州工作了多年。每年7月，他都会为消失的大草原过生日。一天，在威斯康星州的一块小小墓地中，他发现了一棵孤独且也许是该地区唯一的松香草。此前，这种植物曾覆盖了该地区数百公顷的土地。他对这种无法避免的死亡感到痛心疾首，这就如同是一本讲述"草原时代终结"的历史书之死。他认为这种消亡是"本土植物区系葬礼"的最后一集。在美国广袤无垠的大地上，"植物的接替演变引领着历史的潮流"[35]。

在本书的后记里，我还会在其中讲到这种怀旧情绪是如何激起人们对原始生活的赞颂、保护和复原以及与大草原遭到破坏这一重大事件有关的一系列欲望和过程。

第五章
草地,一时的避风港

唱吧!

我们坐在柔软的草地中,

在我们面前,

田野都换上了绿衣。

在勒内·夏尔[1]的笔下，草地是一时的避风港湾，它是"寂寞孤独的扶手"。草地供人休息，它用"厚实的身躯来接纳疲惫的身体"[2]。关于草地[3]，弗朗西斯·蓬热这样写道："洁净、绿色、清新。整理好、叠好的床。床。榻。"丹尼丝·勒当泰克更是高度赞扬道："在田野与草原，清新之草随处可见，它是植物的寝床，我们不是真的在那里睡觉，而是放松身体，自在地打盹。"[4]

　　坐在或躺在草地上是一种享受，抑或是一种必做之事。千百年来人们一直在赞美此事。公元前1世纪，卢克莱修就畅想了世界上最早的人类和他们的快乐：

> 溪畔柔软草地上的大树投下一片荫凉，他们躺在树荫下。尤其在明媚灿烂的日子以及繁花装点着绿草的时节，无须什么花费便可让身体健康舒畅。那时候就只有游戏、交谈和阵阵甜蜜的笑声……[5]

　　《创世记》提及了人在被创造之后的觉醒。该场景将亚当第一感觉与其在草地上存在相结合，弥尔顿以及布丰[1]都详细想象了

---

[1] 布丰（Buffon，1707—1788），原名乔治-路易·勒克莱尔（Georges-Louis Leclerc），也称作布丰伯爵（Comte de Buffon），又译布封。法国博物学家、数学家、生物学家，出生于蒙巴尔。以其对自然历史的全面研究而闻名，除了对数学领域的贡献以及在概率、数论和微积分方面的著作外，他还撰写了大量关于宇宙起源和地球生命起源的文章，他认为地球上的生命起源是自然现象的结果。其最为著名的作品无疑是博物学巨著《自然史》。

这一画面。[6]

自公元前3—4世纪的忒奥克里托斯[1]之后，对于"世外田园"这种祥和之地的描写一定少不了在草地上或坐或躺着休息的场景。维吉尔《牧歌集》的第三首就可见一斑，帕莱蒙[2]命令道：

——唱吧！我们坐在柔软的草地中，在我们面前，田野都换上了绿衣。

梅那伽在第五首牧歌中这样问道：

——为何……不在榆树之间的草地上小坐一番？

接下来在提到死去的达芙尼时：

——神圣的诗人啊，你的诗歌对于我，
正如身体疲倦时在草地上小睡一般甜美。

柯瑞东十分赞同，他赞扬了"比小睡更甜美和柔嫩的草地"[7]。

---

[1] 忒奥克里托斯（Théocrite，约前310—前250），古希腊著名诗人、学者，西方牧歌（田园诗）的创始人。其作品反映了西西里农村纯朴的生活和牧人们劳动、歌唱和谈情说爱的情形。

[2] 这里的人名中文译名来源于杨宪益的译本（[古罗马]维吉尔，《牧歌》，杨宪益译，人民文学出版社1957年版）。

维吉尔在《农事诗》中描绘的动物也是同样的情况。它们在草地上渐渐有了困意，而忧虑从不会打扰它们的美梦。

我们经常提及柏拉图在《斐德罗篇》中讲到关于苏格拉底的欢乐这件事：苏格拉底在雅典城边的伊利索斯河畔发现了长在斜坡草地上的一棵美丽的树，遮天蔽日，让他得以坐在树荫下与门徒交谈。在古希腊，最初的学园[1]和吕克昂学园都是露天的，人们坐在草地上学习。因为这片绿色的地毯天生就是为了朋友之间、老师和学生之间的辩论而铺就的[8]。

中古法语中"Prael"（小草地）就是指中世纪花园中周围被绿篱包围的草坪，人们可以坐在此地欣赏风景同时放松身心。在14世纪，纪尧姆·德·洛里斯曾这样描写此地："汩汩而出的清泉旁长着细嫩又密集的青草，人们可以把它当作床，将他心爱之人置于其上，因为那里的泥土既温暖又柔软。"[9]

我们之后将仔细探讨是什么最终将田园文学与草结合起来，不过我们现在可以先关注桑纳扎罗[2]《阿卡迪亚》中的第五首牧歌。《阿卡迪亚》这首牧歌里记录了一群牧人来到山丘顶端所说的

---

[1] Lycée，法语原意是指现在的高中，用在古希腊专指公元前335年由亚里士多德建立的雅典学园，这位哲学家为他的学生在此讲授修辞学、数学和哲学。在1996年为雅典新的现代艺术博物馆清理空间时，人们发现该学园的遗迹，如今位于希腊议会后的公园中。亚里士多德在此边走边教学和讨论，"逍遥派"由此得名。

[2] 雅各布·桑纳扎罗（Jacopo Sannazaro, 1458—1530），出生于那不勒斯，意大利文艺复兴时期的诗人与作家，用拉丁语、意大利语和那不勒斯语进行创作。《阿卡迪亚》是桑纳扎罗的人文主义代表作，由12篇散文和12首牧歌组成，每章的叙述以一首牧歌结束，讲述了主人公辛切洛在古代牧歌诗人所盛赞的乐土阿卡迪亚的一段经历，带有部分自传性质。

话:"太阳并未完全升起,我们随意地坐在绿草之上。"在第七首牧歌中,牧人辛切洛还提到了在草地上停留的益处:"痛苦和黑暗的思绪快走开……我想寻找田野里明快的欢乐 / 在柔软的草地上品尝甜美的梦。"[10]

我们再来看看16世纪的龙沙是如何反复咏叹坐在和躺在草坪上的乐趣的。他透露说,比起待在宫廷之中,他更爱:

> 观美丽草地之绚烂
> 闻涓涓溪水之潺潺
> 于娇嫩绿草中入眠

在对云雀曼妙歌喉的赞歌中,他写道:

> 当我躺在柔草之上
> 一边,我听见了你的小曲……

在《颂歌集》第九首中,龙沙对百莱丽泉[1]这样写道:

> 夏日,我入睡或休憩

---

[1] 选自龙沙1587年所作的诗歌《致百莱丽泉》(À la Fontaine Bellerie),该泉位于拉泊松涅尔(La Possonnière)。

于草之上，我在此创作[11]

当然，龙沙创作的所有诗句并不是他在草地上种种行为的直接证明，但这些景象依然可以让我们想象到这些描述可能是其在草地上的行为的展现。我们稍后将再次回到这个浪漫主义诗人经常提及的主题。

19世纪初，诺瓦利斯[1]小说《海因里希·冯·奥夫特丁根》中，男主人公一直在寻找令他魂牵梦绕的"蓝花"。在恍惚出神之际，他看到了这朵"蓝花"；清醒过后，他发现"自己……躺在柔软的草地上，身旁泉水喷向天空又在那里消散"[12]。

现在我们就来仔细思考探讨几个世纪以来人们所描述或描绘的与草接触的休闲方式。首先在15世纪末，画作与雕刻中经常都会出现"草椅"。马丁·施恩告尔[2]的版画《圣母与圣婴》中，圣母就坐在围篱前的绿草长椅上。

《圣家庭与蟋蟀》（约1495）中也刻画了坐在草椅上的人物。

---

[1] 诺瓦利斯（Novalis，1772—1801），德国早期浪漫主义诗人、作家、哲学家。著有诗歌《夜颂》《圣歌》以及小说《海因里希·冯·奥夫特丁根》，该小说是作者未完成的作品，1802年才由好友整理完成并出版。小说的主人公海因里希是13世纪中古德语史诗《瓦特堡的歌唱比赛》（*Sängerkrieg auf der Wartburg*）中一位富有传奇色彩的吟游诗人。诗歌中主人公在梦中邂逅的"蓝花"成为整个德国浪漫主义的象征。

[2] 马丁·施恩告尔（Martin Schongauer，约1445—1491），出生于阿尔萨斯的科尔马，15世纪下半叶德国著名的铜版画家兼油画家。他制作了大量美丽的版画，这些版画主要在德国、意大利甚至英格兰和西班牙销售。版画主题主要是宗教，但也包含普通生活的欢乐场景。

版画《暴徒》就描绘了被法翁所侵害的妇女，在他们后方我们也看到了相似的椅子。在《圣家庭与三只野兔》[1]（1497）中，圣母再一次坐在草椅之上。

这种样式的座椅与中世纪的封闭花园（hortus conclusus[2]）相得益彰。在花园中，圣母像有时就置于这样的长椅上，周围环绕着许多植物。在《失乐园》中，当亚当和夏娃迎接大天使拉斐尔时，弥尔顿写道："他们的桌子是一个高高的、浓密的草坪，四周是长有苔藓的座椅。"13

在18世纪的浪漫花园中，我们也能见到这类座椅，它们既可以供人休息，也可让人沉思。这一时期，一些情色小说的作者就在作品中使用了这绿色的座椅。在多米尼克·维旺·德农[3]的作品《没有明天》（1777）中，叙述人与他的情人T夫人手挽着手一起走路。当他们疲惫之时，"眼前出现了草椅，我们坐在上面一动也不动"。后来，对场景的回忆让双方有些心烦意乱："我们经过这把草椅，不自觉地停在了它的面前，大家默不作声，但内心早

---

[1] 这三幅版画都是丢勒的作品。
[2] 该词为拉丁词，字面意思是"封闭的花园"。封闭的花园是中世纪关于圣母玛利亚艺术作品中的常见场景。在中世纪的绘画和挂毯中，圣母通常出现在一片草地上，草地四周环绕着墙壁或篱笆，圣母周围还有天使相伴，等等。此地将空间与外部世界隔绝，创造出一个内在天堂的形象。有趣的是，"天堂"这个词来源于波斯语"pairidaeza"，字面意思是"被墙包围"。
[3] 多米尼克·维旺·德农（Dominique Vivant Denon, 1747—1825），法国艺术家、作家、外交官和考古学家。他曾被拿破仑任命为卢浮宫博物馆的第一任馆长，现在卢浮宫最高一层上面就有以他的名字命名的德农馆。《没有明天》（Point de lendemain）讲述了一个欺骗三个男人的女人的故事，年轻的男主人公被他名义上的情妇所欺骗，是一部爱情骗局小说。

已百感交集。"[14]

自此之后，不论是在自我写作语境中吐露的回忆，还是在文学小说中的描述，坐着或躺在草地上休息俨然成了主导的文学主题。因此我们需要好好区分大家从这一主题中想取得的效果。本部分的引言我们就来听听考珀·波伊斯笔下的沃尔夫·索朗特的内心情感，起初他还十分焦虑：

> 他躺在草地上……久久地凝视着眼前这片烟雾弥漫的黑暗……他仿佛突然从一扇隐秘的门穿过，来到了一个由巨大的、新鲜并默默生长的植物所构成的世界……躺在这片又厚又湿的草地上，他深深地叹了一口气，如释重负。他的焦虑不仅得到了缓解，而且被吞没了。这些焦虑在大地第一缕暮光初现时的露水中消散了。这种比人类和动物更为古老的奇怪植物肉体，它那模糊、流动和朦胧的玄妙化学反应将焦虑全部吞噬。[15]

现在我们要区别在草地上不同的停留方式。让-皮埃尔·理查德就清楚说出了他眼中"草地"的魅力。草地不是一层薄膜："它有着绒毛的质感，适当的高度，我们可以在此尽情玩耍而不必担心迷失或者被掩埋。我们可以探进一半的身子，或者更甚，全身投入，融入其中。"[16]

首先草地可供人休息调整。在中世纪文学中，我们让受伤、瘫倒或者疲惫的骑士躺在这绿毯之上。因此，在《艾莱克与艾尼德》[1]中，当艾莱克身负重伤时，他的挚友吉维雷有一张又高又长的床，当时灯芯草以及其他植物十分茂密：人们把艾莱克放在床上，又用草将他盖上。[17]

16世纪的史诗文学与当时的田园文学都有在草地上休憩这一情节。阿里奥斯托笔下的安杰莉卡[2]（第一首）从巴伐利亚公爵的帐篷中逃了出来。在漂泊了几天几夜之后，她终于找到了一处怡人的安身之地："两条清澈的小溪潺潺流淌着，溪边就是鲜嫩柔软的绿草。"她随后下了马并"在波光粼粼的溪水旁漫步，溪岸上满是嫩草"。随后她看到了一处空地："在里面，柔软的青草铺成了睡床，邀约每一位靠近它的人在此休息。美丽的少女置身其中，缓缓入梦。"[18]

让我们来到几个世纪之后继续探讨这个问题。贝尔纳丹·德·圣皮埃尔想象过一个慷慨的乌托邦。在其作品《自然研

---

[1]《艾莱克与艾尼德》(*Érec et Énide*)，12世纪晚期法国诗人与作家克雷蒂安·德·特罗亚（Chrétien de Troyes）关于亚瑟王的故事诗，全文大约7000行古法语。故事诗讲述骑士艾莱克与另一位骑士的女儿艾尼德的爱情故事，除了常规的爱与骑士冒险外，还有关于基督教的内容。
[2] 这里引用的是意大利文艺复兴时期的诗人阿里奥斯托（Arioste，1474—1533）所写的《疯狂的奥兰多》(*Orlando Furioso*)，叙事诗共有46首，原型是法国的著名史诗《罗兰之歌》，以查理大帝与撒拉逊人的安达卢斯战争为背景，利用中世纪流行的骑士传奇体裁讲述奥兰多迷恋上公主安杰莉卡的剧情。里面出现了许多角色：基督徒、撒拉逊人、士兵、巫师以及奇妙的生物。

究》中，他建议放弃当时在节庆中常见的向"不幸之人"施舍的做法并且不再向"底层人民"头上扔面包。"而是我们让他们坐在草地上并给予救济，根据穷人所从事的不同行业，让他们坐在那些创造或是改善这些行业的名人雕像的周围。"19

阿尔封斯·都德笔下描绘的区长[1]坐在青苔地上后，手肘撑在草地上，宽衣解带。后来区政府的人员发现他"趴在草地中，衣衫不整如流浪之人"。20

我们之前已经看到过让·季奥诺《再生草》中的人物在草地上休憩的场面。现在让我们更加仔细地对他们进行思考。主人公庞图尔与阿苏尔坐在高高的草丛里。"他们十分平静，景色很好。在这平坦、宽阔、迎着阳光和风伸展的高原上，他们只有坐着才能感到自在。大地的热量涌上腰部，地上到处长着草，就像羊皮一样，既保暖并且隐藏着……阿苏尔也吃着大蒜……她把头伸出草地，望着高原……野草疾驰而去，直至无人知晓的天际。"21

坐在草地里不仅仅是为了休息，它同样可以引人深思。是它给了卢梭"眼睛的闲适"，因而草地给他留下了柔和轻盈的印象。这种沉思的姿势也使梭罗能够与他最欣赏的自然进行"长时间的隐秘交谈"。华兹华斯也写过在自然中沉思与得到抚慰的类似

---

[1] 出自其作品《磨坊信札》。

情形。

> 我坐在绿荫之地的
>
> 一棵树下，希望平息思绪……
>
> 太阳西斜了两小时
>
> 它从光热中尽力提供
>
> 与银色的云，闪亮的草
>
> 完全的寂静……

在华兹华斯的《致杜鹃》中，他写道：

> 躺在草上的我听见
>
> 杜鹃你双重的啼鸣……
>
> 我可以躺在平原之上
>
> 再次听你的欢唱；
>
> 听着你的倾诉，直到
>
> 金色年华再次来到。[22]

内瓦尔在《蝴蝶小颂歌》中与华兹华斯有着同样的情感：

当美丽的夏日归来，

我独自前往森林；

躺在广袤的草原，

迷失在这绿色的裹布里。

在我后仰的脑袋上，

那里，每只蝴蝶，

如同诗意与爱情的想象

一个接一个地飞闪而过！ [23]

在乔治·艾略特的作品《弗洛斯河上的磨坊》中，长大后的玛吉已经摆脱了童年时期对红色深谷的恐惧。夏季，她可以坐在满是青草的洼地里，听着"嗡嗡的飞虫声，这声音就像挂在寂静之衣上的小铃铛，或者看到阳光穿透远处的枝叶，这些阳光仿佛就是想追逐逃到野生风信子上的蔚蓝色，并把它带回天空"[24]。

1793年7月3日，拉马丁笔下的约瑟兰舒缓地躺在高高的草丛中，他感到自己被这繁花朵朵的草原所吞没，周围满是干草的香味。他的额角在沉默的前额上跳动：

于是我感到了如此强烈的快感

彻底地忘记了转瞬即逝的时光

> 以至于我的感觉有时会失灵
> 与肉体分离的灵魂不再能感知身体的重量……
> 我喜欢在这静默里得到安抚
> 不再有生活与思考的感受

这种境遇也让约瑟兰有了一种"永生不朽之感"[25]。

我们可以看到,只要在草地上停留,我们就可以在此休息、沉思以及幻想。但至少在诗集《坎蒂》中,莱奥帕尔迪自称他为此饱受折磨。在他的《亚洲流浪牧羊人之夜曲》中,牧羊人这样对羊群说道:

> 当你躺在荫凉处的草地上,
> 你是安详又满足
> 你就在这无忧无虑的状态里
> 度过一年的多数时光。
> 而当我坐在荫凉处的草地上,
> 心中却充满了忧虑,
> 有根刺在扎我,
> 所以在坐着时,我没法
> 找到位置,获得宁静。

在诗歌《阿斯帕齐娅》[1]中，莱奥帕尔迪更加平缓地说道："因为，如果说没有激情的生命是一个没有星星的冬夜，那么我轻蔑地躺在草地上，微笑着凝视大地、海洋和天空，我就足以向这终会走向死亡的人类命运复仇。"[26]

坐在草地上或在上面打滚，可表达一个人的惬意、欢乐或者可以轻松自在地摆脱对举止的约束，抑或是享受到一种令人陶醉的快感。在莫泊桑的《博尼法斯老爹所谓的罪行》一文中，宪兵在他那乐呵着的队长眼皮下，以一种粗俗的方式"坐在沟边的草地上，尽情地捧腹大笑"。[27]

在于斯曼常被提及的小说《滞留》[2]中，主人公雅克坐在"融化灵魂"的斜坡草地上。一天，这种姿势已经让他感到厌烦。于是"他趴在地上，什么也不想，只以随手采些花朵为乐"，例如那种长在路上的花朵。他闻了闻它们，分析了它们最初散发出来的香气，接着是一股类似石油的臭味。最后"随着柔软叶腋的芬芳，香气的精华渐渐消失"。[28]

坐在草地上的人们还考虑到用许多其他方式来打发时间。我

---

[1]《阿斯帕齐娅》是莱奥帕尔迪写于那不勒斯的一首抒情诗，表达了对一位名叫范妮·塔吉奥尼·托泽蒂（Fanny Targioni Tozzetti）的女子的爱恋；Aspasia（前470年—前400），是雅典政治家伯里克利的情妇，受过相当良好的教育。以智慧、机智、美貌著称。根据普鲁塔克的说法，她的屋子成为雅典的知识中心，吸引了最杰出的作家和思想家，包括哲学家苏格拉底。

[2]《滞留》（En rade）是法国小说家和艺术评论家若利斯·卡尔·于斯曼（Joris-Karl Huysmans，1848—1907）的作品。该小说发表于1887年，讲述了雅克和他妻子为躲债来到乡下的一栋破败城堡，记录了雅克对日常生活的烦恼和失望。

们来到这里思考、阅读、学习或是写作。《追忆逝水年华》的叙述者住在贡布雷时，和他同时期的年轻人一样，也在花园里阅读。后来雅克·莱达叙述或暗示的做法则不那么寻常，他的诗集《郊外之美》的最后一首诗，名字就叫作《书写之草》。这是因为在他的心中，对草的想象已经进入了其诗歌创作之中。他写道：

> 我的本子在草地上摊开，落日/将页面上草的影子渐渐拉长：/从左到右，影子颤抖地写着/勉强写了十句，不过却没有停顿与腿[1]……黑色的草描绘出字迹/但从左至右我却无法拼出它……29

由此雅克·莱达将"物质之草"转变成了交错纠缠的"文本之草"。根据让-皮埃尔·理查德的说法，这是因为在雅克·莱达看来"在最小的草叶周围……整个世界得以平衡"。

在草地上午餐则平常许多，要么独自一人，要么是有同伴的快乐相随。我们不需要回溯到18世纪之前，因为例子实在太多了。我们将会快速回顾这种首先具有社交性质的行为，如草地上的欢庆舞蹈，因为这不完全属于我们所要讨论的对象。在穿越孚日山脉时，瓦朗坦·贾梅利-杜瓦尔与伙伴停留在一块草皮上休息片

---

[1] Jambage，指的是m、n、u字母的竖直方向的部分，如m就有三条（"腿"）。

刻，并在上面享用了一顿火腿午餐。³⁰ 当歌德与艾克曼[1]在魏玛[2]附近游览时，为了在高处的"新鲜空气"中享用午餐，歌德让马车停了下来。他们二人散了几分钟步，同时马车夫弗里德里希在坡道的草地上打开他们所准备的午餐。³¹

《追忆逝水年华》的叙述者讲到在梅塞格利丝的时候，"我们坐在水旁的鸢尾之中"喝着下午茶，吃着水果、面包和巧克力。草地上，圣希莱尔教堂的钟声"拂过花朵，在我们脚边颤动着"。³²

在法兰西第二帝国时期，相较于在首都的大咖啡馆中聚餐，陪伴船夫的年轻女工更加倾心于在岸边大柳树的荫凉下享用美食。当时，在郊外草地聚会可谓是风靡一时。人们时而散步，时而打盹，时而划船，时而在河里洗澡，时而休息，时而在草地上吃午餐，这些都展现出他们有一种对田园和善良、美好事物的敏感。在草地用餐也是乡间此时前所未有的社交性活动的代表之一。它建立了由于缺乏家具和坐着不便而带来的新的饮食传统。一言以蔽之，就是对简约的优雅回归。米歇尔·马费

---

[1] 艾克曼（Johann Peter Eckermann, 1792—1854），德国诗人和作家，因作品《歌德谈话录》而闻名于世，他是歌德晚年生活的见证者。
[2] 魏玛（Weimar），位于德国中部的联邦州图林根，埃特斯山脚、伊尔姆河的河畔。这座城市是魏玛古典主义文学的主要人物——作家歌德和弗里德里希·席勒的故乡。

索利[1]从中看到了酒神狄俄尼索斯的回归,一种前文中卢克莱修提过的对远古的无意识记忆。在古时,人们分享水果并且以"友邦"[2]形式生活在一起[33],也就是说大众都十分热情好客。昂利·塞阿[3]写道,我们知道当我们踏青聚会归来之时,总会嗅到鞋底散发出的青草柔软的清新气息。乡间的聚会也激发了许多绘画、摄影和电影作品的灵感。

在现代,当人们在草地上驻足时,会有许多其他的活动。例如,在"美丽的星期日"打鱼的情形:妇女们坐在水边,编织或阅读草地上铺开的小画报,等待着捕鱼归来的丈夫。

让·季奥诺在《再生草》中写道:阿苏尔"来到草地上,胳膊下夹着一堆衣物"[34]。这不是将草和家务劳动联系起来的唯一做法,直到20世纪初,在洗衣的日子,人们还把床单摊在洗衣房附近的草地上,以便在月光下晾晒或漂白[4]。在让·季奥诺这部小说中,已经怀孕的阿苏尔从不同角度展望着未来的幸福生活,想到即将出生的小宝宝,她说道:"他和我将坐在草地上。我要把自己

---

[1] 米歇尔·马费索利(Michel Maffesoli, 1944—),法国社会学家,巴黎第五大学教授。
[2] 友邦(Proxénie),来源于词语 proxène,意为古希腊一城邦任命的在另一城邦保护本邦居民的官方保护人,类似如今外交大使的任务,但不同的是保护人一般都是在自己的城邦内照顾外邦居民。这种人物一般是本城邦的政治名人,受过良好教育,对外邦持友好态度。
[3] 昂利·塞阿(Henry Céard, 1851—1924),法国自然主义小说家、诗人、剧作家和法国文学评论家。曾与左拉关系密切。
[4] 当时的人们认为,在月光下晾晒白色衣物是有漂白效果的。

的乳汁挤到草中来逗他笑。"丈夫庞图尔听到这句话之后"满心欢喜"。"他就这样走着,直至心中完全平息下来,直到深沉的寂静像一片草地将他包围。"《再生草》是一部关于草的伟大小说。人物永远在草地上,而同时描绘出了周围草木的变幻。动物的欲望、人的欲望都与草联系了起来。同时文中还有草与潺潺的溪水声近乎永恒的结合,巧妙地表达出对草"再生"的确信。

我们再来看看在此之前,雨果想象中的草地体验的场景。现在就让我们聚焦他在莱茵河畔的这段旅程。雨果常常坐在草地上聆听、凝望、幻想、沉思以及思索。傍晚时分,河岸边,风渐渐停了下来,"和它一起消逝的还有那草的微微抖动,草的颤动陪伴着疲惫的行人,与他交谈"。雨果在海德堡[1]附近走了一整天:"双眼盯着地面,头朝小路低垂着"。后来他写道:"我坐在这些漂亮的扶椅上,上面覆盖着绿绒般的青苔……即使风、叶子与草保持缄默,即使此处寂静又荒凉……我会让我们心中不断地喃喃自语保持沉默"[35]。他还写道:"在弗莱堡[2],我早已忘了我眼前的广阔风景,取而代之的是我所坐的那块几尺见方的草地。"[36]

许多现代作家都在不断讲述坐或躺在草地上的好处。弗朗西斯·蓬热就认为草地是一张天然的床、床垫或是床旁的地毯,同

---

[1] 海德堡(Heidelberg),是德国西南部巴登-符腾堡州的第五大城市,位于斯图加特和法兰克福之间,坐落于内卡河畔。
[2] 弗莱堡(Freiburg),是德国巴登-符腾堡州直辖市,弗赖堡行政区首府,位于黑森林南部的最西端。

时也是供人休息和给人希望的地方。当我们看到它的时候,我们似乎就已经躺在上面了。为了听见小鸟的啼叫,古斯塔夫·鲁建议人们必须要"像疲惫的旅行者一样躺在如丝绸般的草地上"[37]。在浪漫主义的小说中,如亨利·博斯科的作品《穿裤子的驴》,主人公康斯坦丁就是一位喜欢在草地上驻足的人。渐渐进入他身体的黑夜使他心烦意乱:"有时……我被求知欲折磨着,跑到地上,在草地上长时间地打滚,突然我又咬着青草,双手沾满鲜血,嘴巴粘在泥土上,我吮吸着大地的乳汁。"[38]

弗朗索瓦丝·雷诺在摔跤后发现自己意外地栽倒在一片潮湿的草地上,她后来写道:"我狂笑起来。接着,我突然很想躺下来与草为伴。"最后她屈服于这种冲动,躺在草地上:"不一会儿我便满心欢喜,陶醉在树脂、蘑菇、碎草的香味和那贪吃的山羊中。"[39]

这种明显的转变最终会成为对草的渴求。这是动物的天性,长期以来也一直是文学主题。拉封丹[1]笔下的驴这样承认自己的错误:

……我想起来

---

[1] 拉封丹(Jean de la Fontaine, 1621—1695),法国古典文学的代表作家之一,著名的寓言诗人。他的作品经后人整理为《拉封丹寓言》,与古希腊著名寓言诗人伊索的《伊索寓言》及俄国著名作家克雷洛夫所著的《克雷洛夫寓言》并称为世界三大寓言。

在经过修道士的草地时

饥饿、机缘巧合与柔嫩的小草,我想

或许魔鬼也在作祟

我便一嘴巴下去给这草地剪了剪毛

……

在阿尔封斯·都德著名的短篇故事[1]之前,拉封丹就已经在《两只母山羊》中写道:

一旦山羊吃着草

某种自由的精神

驱使它们去寻找财富:它们会去往

人迹罕至的牧场……40

每个人都无法忘记塞甘先生家那只山羊无法抑制的渴望,它向往在山上吃草。当如愿以偿时,它发现那里的草长得比自己的羊角还要高。都德写道:"多么美味又细嫩的青草!草的边缘还带着锯齿状的纹路……还有各种各样的鲜花……这就是个五彩缤纷,弥漫着芬芳醉人汁液的野花林!"这只山羊迷醉其中,在草地上

---

[1] 这里指都德的作品《塞甘先生的山羊》,讲述了一只热爱自由的山羊长大后不顾劝阻,执意回到山野最终与狼搏斗一夜之后被吃掉的故事。

不断打滚。即使是在与那只将会把它吃掉的狼搏斗的间隙,它仍然满怀欲望:"这个贪吃的家伙还要匆匆地去采一把它最喜欢的青草,把嘴巴塞得满满的,再投入战斗。"[41]

不过在文学中,驴才是将对草的渴望与愚蠢联系起来的代表动物。穿裤子的驴年纪不大,但却有带着动物尊严的犀利眼神。亨利·博斯科写道,从它青蓝深邃的大眼中,我们可以看到"柔软草地和驴梦寐以求的苜蓿、三叶草以及红豆草……里面还有缤纷的色彩闪烁:刚绽放的鼠尾草的亮光、春季百里香的嫩紫和被咬后根茎的血红色"。[42]

这头吃草的驴是愚蠢的象征,它激发了穆齐尔的灵感,写出了《没有个性的人》一书中令人惊叹的一节。奥匈帝国的英雄之一——施图姆将军深受愚蠢之苦,他正前往国家图书馆希望能读懂一些书。在图书馆附近,他遇见了乌尔里希、阿恩海姆和狄奥蒂玛[43]。然后,可能意识到自己的愚蠢,他突然头晕目眩,变成了一头驴。

在道路的空隙里长出了青草。那是前一年的草,带着一种特别清新的气息,像一具躺在雪地里的尸体。当我们想到不远处被无数汽车碾压后发亮的沥青,这些石缝中求得生存的草是十分令人好奇和不安的。将军在他心里感到一种痛苦的纷扰:如果事情继续下去,他就要跪下来,当着大家的面开始吃草了。[44]

上述只是小说中的虚构故事，而诗人雅克·莱达则顺从自己的欲望，真的去吃草。他曾透露过在诺曼底的一块肥沃草地上的经历，这一页也可能是所有草类文学中最引人瞩目的篇章："今天早上，为了真正身有体会，我便鼓起勇气去吃草。它确实是一种爽口的草，纤细又茂密，因为它是在满是碘和盐的风里生长的。我既被突然的冲动所驱使，也顺从了对体验的好奇心。"雅克·莱达欣赏的先是味道，然后是物质。

我想那应该是个荒芜之境。虽然太阳直射，但这种草有一种直爽而强烈的味道，摸起来有着纤维的质感，除了草尖有点类似小葱以外……我口中的青草虽的确芳香四溢，丝毫未沾上我们人工培育种植在窗沿的香料的味道……草的味道难以准确描述，味道也更为丰富。它们尝起来像是空间的味道，甚至更像是时间的味道。这位年迈的食草者[1]每一步都有草的印记。这些草中除了拥有万物远古存在的记忆，没有

---

[1] 这里指的就是时间，诗人将时间拟人化为"食草者"，同时这里是双重隐喻：它"吃"草（或者万物），就像诗人在这里从草地上做的那样，此外时间的步伐伴随着人类的退想过程，为退想烙上同样的植物印记。（摘选自 Richard Jean-Pierre, « Scènes d'herbe », In: *Littérature*, n°67, 1987, Le mystérieux des familles. Écriture et parenté, pp. 11-12.）

留下别的痕迹。[45]

当然还有许多其他的情感等待着躺在草丛中的人们去发现。他们可以在此静观一个拥挤、不安、休息或战斗、生存或死亡的世界。同时还要聆听，聆听这由人们弯腰时才听到的那些难以察觉的动物和草的声音所组成的寂静。

第六章 草中小世界

朝生暮死的昆虫，请在草地中低鸣；
向苍天，向脚下，我们致敬上帝
因你们的渺小，又因你们的伟大，
请你们也向他致敬。

草地里的居民使我着迷，我要不知疲倦地高诵它娇弱而又无邪的美丽。田鼠和鼹鼠，迷失在草地幻梦中的灰暗孩子；蛇蜥[1]，玻璃的儿子；蟋蟀，与众不同的盲从者；蝈蝈蹦跳着，如同数着自己的衣裳，不断发出噼啪的聒噪声；蝴蝶，佯装迷醉，用它静谧的嗝声四处拈花惹草；蚂蚁，面对一望无际的绿原，内心也变得平静；突然，几只燕子迅速从头顶如流星般掠过……草原，你就是载满白日的宝盒。[1]

——勒内·夏尔

几个世纪以来，草地中的世界一直吸引着人们。草不仅仅代表着绿色，草地中还藏有另一个世界，人们很难去深入了解这个世界中的多样性、生存的方式以及草地中各事物所建立的联系。面对这种困难，大多数人都把注意力集中在草地中的某一位居民或游人身上。

米什莱却并非如此。在被绿意覆盖的这个世界中，他将无害的物种[2]和致命的物种做了区分，六月无害物种渐渐出现，由于还需要鲜活的猎物，致命物种在无害物种之后出现。无论如何，他补充说，这些昆虫"生活在自己的圈子里"，由此构成了一个封

---

[1] 蛇蜥（Orvet），这其实是一种看起来像是蛇的蜥蜴。遇到突袭时它会像壁虎一样尾部可以脱离身体。蛇蜥也被称为玻璃蛇，它的得名并非是因为身体像玻璃一样透明，而是因为它们的身体像玻璃一样脆弱易碎。
[2] 无害物种是指食草动物，致命物种是指食肉动物。

闭的世界,"翅膀发出的音律并没有阻止我们听到一个黑暗和寂静世界的低语,这个无垠的世界没有人类的语言,却用许多无声的语言有力地表达着自己"[2]。他的妻子阿泰纳伊斯则在日记中将早起工作的物种,如蜜蜂和熊蜂,与体重更重、在草地底部生存的"暗蓝宝石"——蜣螂部落区分开[3]。

牧歌自开创之初起,其中就出现了草中小世界成员的身影。忒奥克里托斯在作品《牧歌》中就讲述了牧羊人拉孔与科马塔之间的歌唱比赛,作者将两人比作蝉与黄蜂——前者让人想起在草丛中叽叽喳喳的蝈蝈,后者则让人想起鸟儿啁啾处蜜蜂欢快的嗡嗡声。忒奥克里托斯在诗歌《田园中的缪斯》中提到,西米基达斯回想起与弗拉斯达莫斯一起躺在刚刚剪下的葡萄藤上的过往:榆树和杨树在他们头上簌簌作响,草地中"黑蝉声不绝于耳,仿佛是要分出个高下"。夜莺和云雀歌唱,斑鸠咕鸣,蜜蜂嗡嗡。[4]

维吉尔在第四首农事诗中描写了蜜蜂、蜂群以及蜂巢,并这样表达他的赞美:"小小事物中,居然蕴藏着大大的奇迹!"他想要颂扬"它们的警察、它们的法律、人民的劳作和国王的重要价值"[5]。蜜蜂喜欢堇菜,它是草地的情人。但是在春天,蜜蜂之间会打架。

17世纪拉封丹的几个寓言故事都与草中小世界相关,他在这些寓言中剖析人物的个性。这种选择显示了他观察的熟练、敏锐与愉悦。例如,《蝉与蚂蚁》,当然这并不是这种选择的唯一例子。

勤劳的蚂蚁也出现在《苍蝇和蚂蚁》中。蚂蚁认为，尽管苍蝇经常出入于宫殿，但由于蚂蚁辛勤劳作，其命运比苍蝇更为优越。蚂蚁说道："我将没有忧郁地生活。"在另一个寓言中，蚂蚁因鸽子扔进水里的一根草而没有溺亡，后来它帮助鸽子逃脱了猎人的陷阱。此外还有虎头蜂和蜜蜂，由于双方各执一词[1]，便前往蚁穴找蚂蚁来作证。作为寓言中道德的假托[2]，这种拟人论手法在接下来的几个世纪里逐渐消失，取而代之的是人类对独立观察到的草中世界的描绘。

人与草中世界的邂逅从18世纪末开始逐渐深化。这也成为维特感性中的一部分。当提到遭受烦恼之前的那段时光时，维特说静观自然让他感到欢欣，当时他看到"成千上万的飞虫在最后一抹红色阳光中欢快起舞，落日最后这颤颤地一瞥把嗡嗡作响的甲虫从草丛中解放了出来"。所有这一切都把他的注意力吸引到地面上，以便观察那种"火热、神圣、让大自然欣欣向荣的内在生命！"维特回忆道："如同我把这一切融入心中。"6

厌倦都市的约翰·济慈在"一波青草"中求得一片净土，他

---

[1] 选自拉封丹寓言故事《虎头蜂、蜜蜂和蜂蜜》，虎头蜂和蜜蜂都宣称是一个蜂巢的拥有者，便找到黄蜂来裁决。黄蜂便听取其他动物的证词（包括来到蚁巢），但案子仍然毫无进展，蜜蜂叹息称六个月的时间案件没有任何进展，还不如直接让它们和虎头蜂来场较量，看看谁才能建起如此华丽的建筑。拉封丹通过此故事对当时司法制度的形式主义提出了批评。这里应该是黄蜂（暗指法官）来到了蚁巢。
[2] 寓言是用假托的故事或自然生物的拟人手法来说明某个道理或教训的文学作品，常带有讽刺或劝诫的性质。

专心倾听蝈蝈和蟋蟀的言语,这是"大地不灭诗意"的元素之一。

> ……有一种声音飘荡
> 在刚割完的新鲜草地的树篱间
> 这是蝈蝈的鸣叫。它先拔头筹
> 仲夏的繁茂,它从不会
> 感到乏味;当它歌唱到疲倦
> 便在可爱的野草下偷得片刻闲适。

冬季,蝈蝈在"草丘"上的歌唱还伴随着火炉旁蟋蟀的鸣叫。草中的诗歌仍在继续。约翰·济慈还提到了麝香味的蔷薇,它成了"飞蝇夏夜喻营的场所"。最后,让我们以这两句诗作为结束:

> 悲伤的飞蝇唱诗班哀声不断
> 在柳树的河畔

此时"树篱里的蟋蟀"[7]正在高歌。

与其他人相比,拉马丁更常写到草地中的小世界,这个世界给他一种无垠之感。1794年5月6日,约瑟兰就讲述了他在高高草丛中的漫步并描述了各式昆虫的集群:

> 带着翅膀的云朵从膝盖处飘起,
> 昆虫、蝴蝶、蝇群飞来,
> 如同形成层层焕发生机的以太;
> 它们以柱状和漂浮旋涡状上升,
> 弥漫空气,在我们面前时隐时现,
> ……
> 它们翻滚着;在水上,在草地上,在干草上,
> 生命的尘埃会在远处散落;
> ……
> 它们用颤动所唤醒的空气
> 只留有曲调与嗡嗡声。

我们不能仅仅停留在对这旋涡的描写上。在拉马丁的眼中,这种旋涡的强烈存在是有意义的:这种翻腾的景象就是对神明气息的回应,它应和了"苍穹的无边"。在作品《诗与宗教的和谐集》中,拉马丁一开始就写道:

> 我从上方俯视草地;比较之中,
> 我藐视昆虫并发觉自己十分高大;

但上帝的思想改变了这种态度:

我干涸的双眼再一次望向地面，

我看到脚下繁花似锦的草地，

我听见脚下草地里的嗡嗡声

条条犁沟所卷起的生灵之浪：

神之气息所赋予生命的原子，

……

它们的生命仅在分秒间，

漂浮的旋涡再次落下等待着重生，

……

如不是晨曦初现的曙光，

那这生命来自何方，又从哪里绽放？

……

朝生暮死的昆虫，请在草地中低鸣；

向苍天，向脚下，我们致敬上帝

因你们的渺小，又因你们[1]的伟大，请你们也向他致敬。[8]

大地的伟大与渺小之间的游戏将草中的世界描绘成无垠之境。在雨果的眼中，这就像草叶与星星之间的对话。

这首草中小世界的赞美歌，以其特有的方式，呼应了梭罗在

---

[1] 这里原书给是 et nous par vos grandeurs（因我们的伟大），疑有误，经译者查证，拉马丁原文是 et vous par vos grandeurs（因你们的伟大）。

草地中遇到熊蜂时的感受。1853年5月，梭罗在日记中写道："当今年蟋蟀的第一首歌传入我耳中时，我忘掉了一切。""当我们听到草地里蟋蟀的叫声时，世界对我们来说似乎已微不足道(1853年6月)。"第二年的五月，他又写道："蟋蟀的叫声暗示着一种完美并且永不迟到的智慧，因为它超越了所有世俗的忧虑；这种智慧具有秋的清新和成熟，同时还结合了春的渴望和夏的炎热。蟋蟀对着鸟儿说道'你说话像任性的孩子。大自然在你的歌声中得以完美表达，但在我们的歌声中，是智慧在成熟。'……""永远藏在草根下的蟋蟀就这样唱着。抬高它们的居所毫无作用，它们在哪里，天空就在哪里。无论是在五月还是十一月，它们的歌谣没有任何差异，睿智而从容，如散文般清晰确定。它们饮酒只饮露水。它们的歌不是孵化期结束时便销声匿迹的短暂爱歌，它们歌唱是上帝的荣光，是上帝的欢乐。"[9] 米歇尔·格朗热[1]从同样的角度强调，梭罗在蚊子的嗡嗡声中体验到了某种与宇宙相关的东西。但谈到草地中的另一位居民，梭罗的语气则大不相同，他带着其特有的幽默写道："我想询问这只嗡嗡声如此匆忙的熊蜂，问它是否知道自己到底在干些什么。"[10]

当然，前面几章中雨果的描述表明，对于这位认为"崇高在下方"的作家来说，他当然不会对草中的世界无动于衷。从《静

---

[1] 米歇尔·格朗热（Michel Granger, 1946— ），出生于罗阿讷，法国视觉艺术家。

观集》和他信件中的内容可以看出，他认为这个世界和另一个世界是同样宏伟的。但当他察觉到草地中的攒动时，性质完全不同的两种感情涌上他的心头。首先，在他看来，在这个世界中，有种从植物到动物梦幻般的永恒蜕变。1837年9月，他在给妻子的信中写道："草叶变成蜥蜴逃走了；芦苇变成鳝鱼在水中穿行……给各种颜色的种子插上翅膀，它们就成了苍蝇……花朵变成蝴蝶飞走了。"雨果对感知到的这一系列的蜕变进行了详尽的论述。[11]当凝望曾发生过战争的草地时，这激起了他其他的情感，我们稍后会加以论述。

在比利牛斯山的旅程中，依波利特·泰纳也采取放大的视角对草中的昆虫进行近距离观察。但他这样做是为了好玩，因为这让他想起了童年的游戏。当我们躺在高高的、闪闪发光的草地上时，我们可以追随"一只昆虫的脚步，它试图穿过一片矮丛林，在错综复杂的叶茎中'翻山越岭'"。后来，他承认说："我和一队蚂蚁待了一个小时，它们当时正拖着一只大苍蝇的尸体沿着石头前行。"[12]

年轻时候的莫泊桑也常常观望着草中小世界。长长的花茎上，有"各色各样的昆虫：短粗的、细长的、构造奇特以及微小的可怕怪物，它们慢慢在枝头向上攀爬，花的枝茎也被它们的重量压弯了腰"[13]。据何克律观察，当泉水再次被唤醒时，躲藏在草地中的昆虫也随之复苏。整个"无限小的世界"都在等待着水的

"苏醒"。

小说《穆雷神甫的过错》中的赛尔日也是如此。当他们在草地上欢度时光的时候,阿尔比娜抓绿蛙取乐,赛尔日用干草[1]把蟋蟀从它们的洞穴里掏出来。他还挠知了的肚子"让其唱歌",捉着蓝色、粉色和黄色的昆虫放在袖子上观察它们的行动。[14]

在《再生草》中,让·季奥诺记录了一条游蛇的行动:"小草地中的草开始微微晃动。一条游蛇正穿行其间,它身穿新衣,全身扭动着。当前行到草地边缘时,它又转身返回。只见它的身体除了畅游在这片'清新之绿'以外,别无他事。"[15]

让我们把视线转移到考珀·波伊斯笔下人物沃尔夫·索朗特身上来。当他在格尔达与克里斯蒂两位情人间犹豫不决之时,他将决定权交给了一只昆虫。他俯身,头抵着膝盖,观察着一直爬在草枝上的小甲虫,同时虫子的重量也渐渐将草压弯。

> 愿我能离开格尔达(他的妻子)好投入克里斯蒂的怀抱中,愿这只甲虫能顺利爬上草尖……接着他把头凑得更近,让其视野中只有这只草上的甲虫,他开始想象如果他疯狂到极点会发生什么。[16]

---

[1] 这里本书原文写的是 pierre sèche(干石子),但经译者查证,左拉的小说原文写的是 paille sèche(干草)。

我们在之前的材料中多次提及了对草的践踏，以及由此产生的小小世界惨遭毁灭的想法。维特承认当他对大自然的感触延伸到草叶上时，他是最幸福的。这就是他后悔在草地上漫步的原因，因为即使是"一次最单纯的行走，也会夺走成千上万只小虫的生命，你的一小步便会毁坏蚂蚁的辛劳成果，把一个小小的世界置于屈辱的坟墓中"。[17] 于是，人类变成了毁灭一切的怪物。米歇尔·德隆[1]在评论这段文字时便强调了作家对双眼的重视：对于感性的灵魂来说，在 18 世纪末，对群居在草地上的昆虫的遐想，以及对它们的践踏所造成的悲痛与自然学家、梦想家和神学家此后对它们的关注是一致的，后者对卑微的植物都报以巨大的恩宠。一个世纪之后，何克律表现出类似的关注和遗憾，他写道："当我躺在草地上时，我的重量摧毁了这些微小的世界。"[18]

草丛深处生活的悲剧甚至恐怖并不仅仅是上述类型的事故。在雨果的想象中，草中小世界里的生灵看起来生活在比人更接近上帝的地方，但同时在此地也上演着看不见的决斗以及发生在"草木纤维深处"[2]的无情战争。雨果还指出"草中的悲剧、虫与虫的斗争以及蚁巢的灾难"，与"万物平静、和谐、缓慢和持续的劳作"形成了鲜明对比。此外，他还同情被水沾湿的悲惨熊蜂的境遇，

---

[1] 米歇尔·德隆（Michel Delon，1947— ），出生于巴黎，巴黎第四大学法国文学教授。
[2] 此处本书原文为 les fibres profondes de la génération（一代纤维深处），疑有误，经译者查证，雨果原文应为 les fibres profondes de la végétation（植物纤维深处）。

这只长着"黄色与黑色绒毛"的蜜蜂沿着带刺的草枝艰难地向上攀爬。天上黑压压的飞虫遮云蔽日，让熊蜂见不着阳光。在一个小水坑附近，"蚯蚓，像一条远古巨蟒"在扭动。[19]

弗朗索瓦丝·舍内[1]强调，雨果所重视的不仅仅是我们刚才读到的某些昆虫的悲惨命运，还有草地中的可怕战争[20]，雨果写道：

> 谁没有在春天高高的草丛中看到过恐怖的一幕？五月的鳃角金龟幼虫，可怜又丑陋。它在空中飞来飞去，嗡嗡作响……在美丽的夜晚，年迈的鳃角金龟掉了下来——它来到世上已经有八天了……突然从一棵草的旁边，一头怪物扑向了它……这是一只华丽而敏捷的金龟子，闪着绿色、紫色、火红和金色光芒，奔跑中的金龟子如同全副武装的宝石，上面还长着爪子。它是战斗型昆虫，披坚执锐，戴盔穿甲，是草地上的强盗骑士。[21] 但是在阳光下，草还是绿的，人还是温柔的。

对该文章进行评论的弗朗索瓦丝·舍内认为，在雨果的眼中，人就像草叶，草地中上演的大大小小的戏剧伴随着他的命运，"有时是悲剧模式——死亡，有时是田园模式"。再补充一点，雨果在

---

[1] 弗朗索瓦丝·舍内（Françoise Chenet），法国格勒诺布尔第三大学文学教授。

《心声集》中提到草地中有一些怪物，如黑色蘑菇；《静观集》中，在回忆维吉尔的美妙时代之后，雨果称在黑色的草地中住着巨大的幽灵。

我们可以将这种对微观世界的关注称作感性的细微历史，也正是这一关注使本书得以创作完成。因此，我们可以看到草的重要存在，它以某种方式回应了古斯塔夫·福楼拜在本书开篇的誓愿。现在，就让我们暂时离开与草的亲密接触，来呼吸拥抱一下我们分析中的另一个重要材料。它对理解草的历史也是至关重要的，我们在之前零散的片段中就已略微叙述过——草在牧歌与田园诗中激起的情感。

第七章 草比沉睡更甜美
（勒贡特·德·利勒）

牛儿坐在阴凉处反刍

青草在火眼蝶的声音里安然如初

牧人唱歌，跳舞，吹笛

如同黄金时代又将开始

现在是时候对牧歌与田园情感两者的历史,也就是对植物、水、牧人及其牧群在西方人想象中所占据的中心位置进行回顾。

人们口中的田园牧歌之情在文学中存在了数个世纪,其形式在定期发生变化。我们在马拉美以及保罗·瓦莱里的作品中都能发现它们的存在;甚至到今天,我们仍能发现这些情感的怀旧气息。由于我们的目的不是要详细叙述其历史,因此我们就来回顾一下自古以来对青草的欣赏中几个决定性的要素。首先是两座阿卡迪亚[1]、潘神、忒奥克里托斯的田园诗、维吉尔式的"世外田园"以及对黄金时代[2]的怀念。

人们想象中的阿卡迪亚实际上比田园诗出现的还要早。这里是一个牧羊人的世界,这些纵情享乐、举止粗鲁的牧人得到了潘神的保护。这里同时还是一个虚构的文化空间,一个想象的社会,这个社会只存在于既野蛮又文明的牧羊人诗歌中。想象中的阿卡迪亚事

---

[1] 阿卡迪亚(Arcadie),本指古希腊伯罗奔尼撒半岛中部的高原地区。当地居民主要从事游猎和畜牧。阿卡迪亚也是潘神的所在地。被流传后世作为牧人的天堂,指乌托邦式的、田园诗般的乡村和谐之地。阿卡迪亚最早出自希腊神话,之后,维吉尔在他的《牧歌集》中创作了一系列关于此地的诗作,阿卡迪亚也因此变成了代表田园牧歌文化的乌托邦。

[2] 黄金时代(Âge d'or),来自希腊神话中的一个词语,代表着一个原始的和平、和谐、稳定和繁荣的时期。尤其是在赫西俄德的《工作与时日》中被使用。这部著作将人类世纪划分为五个时代,其中黄金时代是第一个时代,之后逐渐堕落。黄金时代被克洛诺斯统治,在此之后依次为白银时代、青铜时代、英雄时代和黑铁时代。欧洲传统的田园文学经常讲述着宁芙和牧羊人在希腊的阿卡迪亚过着天真与和平的田园生活。

实上包含两类阿卡迪亚[1]，就如同半人半兽[1]的潘神，美妙的笛声让它的形象稍许温和：毛糙与光滑，黑暗与光明，这二重性[2]对于理解不同类型的人所激起的情感是必不可少的；如今有人将草坪与绿草自由生长的花园、蜡笔绿[2]与天然绿、文明和谐的理想与直至"无政府状态"的自由相对立，这种情感二重性也建立在古时阿卡迪亚形象的二重性之上。夏日的阿卡迪亚草地音乐会呈现出一派田园般的欢快景象，但在我们看来，原始的野蛮也值得一提。

潘神，生育之神，类似野兽，也是羊群的保护者，在罗马神话中它又被称作卢波库斯（Lupercus）与福纳斯（Faunus）。西蒙·沙玛[3]写道："它那毛茸茸的大腿和分叉的羊蹄已经将它天性中的兽性展露无遗。"[3]它是德律俄普与赫耳墨斯[4]的儿子，从父亲赫耳墨斯那里它学会了手淫，不过他并没有俘获众多宁芙的芳心。菲利普·博尔若[5]与雅克·布罗斯[6]都在努力描述其形

---

[1] 沙玛指出，"一直存在着两类阿卡迪亚：粗糙与光滑；黑暗与光明；一类充满牧歌般的闲适，另一类充满原始性的恐慌"。(《风景与记忆》, [英]西蒙·沙玛，胡淑陈、冯樨译，译林出版社 2013 年版，第 603 页)
[2] 蜡笔色是指各种低饱和度色，如同颜色之中掺入了牛奶一样，看起来较为柔和的一种颜色。
[3] 西蒙·沙玛（Simon Schama, 1945— ），英国历史学家，专门从事艺术史、荷兰史、犹太史和法国史研究。哥伦比亚大学艺术史讲师，BBC 纪录片解说，纽约客文艺评论员。先后在剑桥大学、牛津大学、哈佛大学和哥伦比亚大学历史系任教。
[4] 赫耳墨斯（Hermès），宙斯与迈亚的儿子，奥林匹斯十二主神之一。古希腊神话中的商业、旅者、小偷和畜牧之神。潘神是其与和宁芙德律俄普（Dryope）所生。
[5] 菲利普·博尔若（Philippe Borgeaud, 1946— ），瑞士古希腊文化和宗教历史学家。
[6] 雅克·布罗斯（Jacques Brosse, 1922—2008），法国自然学家、宗教历史与哲学家。

象。他的排笛——绪任克斯——减弱了其身上的野性。潘神在追求宁芙绪任克斯[1]时,她请求潘神将其变为芦苇,最终绪任克斯如愿以偿。潘神后来将芦苇制作成绪任克斯笛,亦称潘笛。我们要着重注意这里排笛的植物起源。潘神让人害怕,这也是恐慌(panique)[2]一词的由来,表示在偏远的地方,一个自认为被上帝、兽欲与遗传能量所困扰的人所感受到的一种突如其来并且不可抗拒的恐惧。[4]

这些阿卡迪亚并不是牧歌创始人忒奥克里托斯《牧歌》中所描述的地方。顺从于潘神,粗鲁又耽于声色的牧人,在《牧歌》中变成了羊群的看护人,其灵感来自位于希腊岛屿和意大利南部以及西西里岛上的调皮牧人,反映出都市品味的优雅精致。阿兰·布朗夏尔写道:"田园生活是人类的童年,是真正的激情,不掺有城市的虚情假意。"[5]这些牧人是诗人也是音乐家,如传说中的牧牛人——达佛涅斯[3]。他们生活在昆虫嗡鸣、燕语莺啼的地方,此地也生活着潘神与众多宁芙。"端坐"于此的牧羊人拉孔唱道:"水,清凉无比,从这边滴落;这里绿草繁茂,你看那树叶堆成的

---

[1] 宁芙绪任克斯(Syrinx),阿卡迪亚的山林宁芙,为潘神所追求,请求化为芦苇,这里说法不一,一说她祈divider河中的仙女将其变作芦苇。潘神看到自己所追逐的意中人变成了芦苇,便折芦苇做成排笛(也称排簫)来纪念他所爱恋的人。
[2] 潘神有时也被描写成恐惧之神,英语中panic(法语panique,意思是恐慌、惊慌)就是从潘神派生的,原指人在旷野或荒僻之地突然感到的莫名惊恐。
[3] 达佛涅斯(Daphnis),是赫尔墨斯和一个宁芙的儿子,为凡人。潘神教会了他乐器与唱歌。在他之前,牧羊人过着狂野的生活;他让牧人变得文明,教会他们尊重众神。

床，听那蝈蝈的叽喳声。"科马塔这样回应：

> 我的伙伴们，山羊吃的是三叶草和紫花苜蓿
> 它们踩着乳香黄连木，栖息在草莓树下

《牧歌》中的牧者，吹奏着潘笛，谈论着伟大的话题：爱，工作和其他更符合草的主题。梅纳卡斯唱道："到处是春天，到处是牧场，到处是乳汁……"后面接着："我的母羊们，不要犹豫：草很鲜嫩，快大口吃；不要担心，草还会长出来。嘿！快吃快吃。"[6]

古希腊文学中还有其他对草的感知的描述。马塞尔·普鲁斯特在为约翰·罗斯金《亚眠的圣经》写的序言中指出，荷马在《奥德赛》第六首诗中写道："美丽的树林里矗立着高大的白杨树，在绿油油的草地中央，一股清澈的泉水从中流过。"[7]

本章的重点是探讨忒奥克里托斯式的古希腊田园诗向维吉尔田园诗的转型，以及"世外田园"在1公元世纪的拉丁诗歌中的图式[1]。不过我们得注意这一点："世外田园"及其里面的泉水、草地、蜜蜂、树木和鸟类并不是对一个真实存在的地方的描述。

---

[1] 也就是公元1世纪维吉尔在《牧歌集》中对"世外田园"（locus amoenus）的详细描写。

这只是一种心理表征[1]。伊夫·博纳富瓦写道:"这些东西不是在地球某处真实存在的,我不会说这是抽象的表征,但至少是简化的表征。"是幻想赋予了这些事物位置,它们是"沉醉的思绪"所产生的对"残酷现实的否定"。在此地被唤起的事物不再是客观物体,而首先是一些存在。在如此构思下的树木和草地自然"带有一种更深层次的绿色,草木如同在高山牧场的露水中闪闪发光"[8]。

如果继续引用维吉尔《牧歌集》中相关的章节来阐释,那将会是枯燥乏味的。就让我们举几个简短的例子。帕莱蒙喊道:"唱吧!因为坐在柔软草地上的你们面前,/所有的田野披上了绿装,所有的树木都在萌芽,/这确是一年中最美丽的时候。"[9] 贺拉斯[2]写道:"肥羊的守护者,/在柔软的草地上,它们伴着芦管声歌唱。"[10]

文艺复兴时期,改头换面后的古老"世外田园"再一次被人们所赞颂。在15世纪末的威尼斯以及1600年前后的罗马,出现

---

[1] 在精神哲学、认知心理学、神经科学以及认知科学等领域中,心理表征(Représentation mentale)是一种假设性的、能够表示外在现实的内在认知象征,或者是一种可以让心智过程得以利用的内在认知象征。简而言之就是个人对某一事物脑海中的意象,是一种想象而不是真实感官的感受。心理表征可使从未经历过的事物和不存在的事情成为可能。想象一下你正在去一个你从未去过的地方旅行,或者你有了第三只手臂。这些事情要么从未发生过,要么根本不可能发生,也不存在,但我们的大脑和心理意象允许我们去想象它们。
[2] 贺拉斯(Horace,前65—前8),本名昆图斯·贺拉斯·弗拉库斯(Quintus Horatius Flaccus),古罗马文学"黄金时代"的代表人之一。罗马帝国奥古斯都统治时期著名的诗人、批评家、翻译家,其代表作《诗艺》是仅次于亚里士多德《诗学》的西方古典诗论著作。

了古老的"闲逸"[1]范例,它唤起了人们的怀旧之情。因此,特别是在绘画中,我们可以看到田园诗的基本元素、"世外田园"以及基督教人间天堂三者的结合。例如,乔尔乔内的《田园合奏》[2]以及后来提香[3]的许多画作中都体现出了这一运动[11],桑纳扎罗 1502 年在威尼斯出版《阿卡迪亚》后该运动在文学领域达到了巅峰。

自此之后,在造型艺术领域,裸女的形象与日俱增,似乎像是"源于大自然的丰腴之美"[12]。在画作中,宁芙、萨堤尔[4]、牧人音乐家将在田园中发生的爱情画面中弥漫的感官享受传达出来。史诗以及小说中也将此潮流展现并表达出来,例如塔索[5]在《被解放的耶路撒冷》中所描述的阿尔米德花园中的欢愉:此处"绿草繁茂,流水清净明澈","草色斑驳","于草地中"静寂,这些都

---

[1] Otium,拉丁语中的一个抽象词,有多种含义,包括人们可以在闲暇时间享用美食、玩耍、休息、沉思和学习;也可指退休之后的时间。最初是指一个人从日常事务中退出来后,从事被认为是具有艺术价值或启发性的活动(演讲、写作、哲学)。
[2] 乔尔乔内(Giorgione,1477—1510),著名的意大利威尼斯画派画家。出生于威尼斯附近的小镇卡斯泰尔夫兰科韦内托。后前往威尼斯,曾师从于乔瓦尼·贝利尼。乔尔乔内的作品富有艺术感性、想象力和诗意的忧郁。《田园合奏》是乔尔乔内和提香在 1510—1511 年创作的一幅油画作品。
[3] 提香(Titien,1488/1490—1576),原名提齐安诺·维伽略(Tiziano Vecellio),英语系国家常称其为提香(Titian)。他是意大利文艺复兴后期威尼斯画派的代表画家,与乔尔乔内曾是同学,被认为是最伟大的肖像画家之一。
[4] 萨堤尔(Satyre),希腊神话中一种半人半羊的怪物,与潘神类似,是酒神狄俄倪索斯的随从。性好狂欢,耽于淫欲。萨堤尔在酒神的身旁扮演了重要的角色,所以古希腊人在酒神节上也表演歌舞以纪念萨堤尔。
[5] 塔索(Le Tasse,1544—1595),原名托尔夸托·塔索(Torquato Tasso),意大利 16 世纪文艺复兴后期诗人。他的作品有《里纳尔多》(1563)、《阿敏塔》(1573)、《被解放的耶路撒冷》(1581)等。阿尔米德是《被解放的耶路撒冷》中的犹太美人,擅长魅术,引诱十字军的勇士。

是重现古典时期的一系列描述。我们之前所提及的阿里奥斯托的《疯狂的奥兰多》中也体现了这一变化。

这里我们需要再次回到桑纳扎罗的作品《阿卡迪亚》上,这部作品的确影响深远。事实上,它是 16 世纪阅读量最大的书籍之一。该书最新法文版中的作序者伊夫·博纳富瓦认为,这部田园作品对诗意表现进行了思索。在此书中,草地、树林、山羊都是最终从幻想中解脱出的现实形象,这种现实带有适度的自然性而不再是神话般的虚构。我们看到,关于这个重新创作的阿卡迪亚,大家意见有分歧,说明对作品的解读是多种多样的。

下面我们将引用该作品中的一些段落,一起重新回到草的幻想中。在序言中,桑纳扎罗责问道:"难道有人会怀疑,对于人类的心灵来说,一个被绿草环绕的清泉……比那些由闪闪发光的大理石、金碧辉煌的人造喷泉更令人愉悦这件事吗?"[14] 在第一首田园诗中,其对阿卡迪亚的某处是这样描述的:"这是一处令人愉悦的场地,虽然由于位置原因,它的面积并不大。不过那里的芳草是如此的细,绿色是如此的深。只要淘气的母羊不用它那贪婪的牙齿吃草,我们随时都可以在此地欣赏绿意盎然的景致……很少有恢复得如此之快的青草。"[15] 在第十首田园诗中,我们又可以读到"只要地球上有草,天上就会有星星",这仿佛让我们看到了后来雨果笔下草与星星之间对话的影子。[16]

法国诗人们纷纷折服于阿卡迪亚风尚。例如,龙沙的《田园诗集》中有着维吉尔风格的牧歌。为避免枯燥，我们就试举一例：

> 牛儿坐在阴凉处反刍
> 青草在火眼蝶的声音里安然如初
> 牧人唱歌，跳舞，吹笛
> 如同黄金时代又将开始[17]

奥诺雷·杜尔菲[1]小说《阿斯特蕾》的开篇也明显展现了阿卡迪亚的风格。在17世纪初（1607以及1628），这部小说获得了巨大成功，它也因此再次掀起了田园风尚。以为瑟拉东已经淹死的牧羊人四处寻找着他，最终他们发现了一个隐蔽之处，周围的草都没有被踩踏的痕迹。在被绿色包围的庙宇门口，"有一片小草地……三面都被树林所环抱，所以只有在那个地方才能看到这座庙宇。美丽的泉水……从一边蜿蜒流过，润泽这片清新繁茂的草地，让此处变得舒爽宜人"。[18]

从18世纪60年代开始，一股田园热席卷法国。这股风潮表达出人们想要将自由给予自然，特别是植物，以及避免强制改造

---

[1] 奥诺雷·杜尔菲（Honoré d'Urfé，1567—1625），法国著名的田园作家。其最著名的小说莫过于《阿斯特蕾》（*L'Astrée*），因其篇幅宏阔，也被称为法国文学中的第一部江河小说。全书分为五部，每部12册，超过5000页。第四部在他死后出版，第五部由他的秘书根据遗稿整理而成。该小说情节非常复杂，但故事情节的主线主要围绕牧羊女阿斯特蕾和牧羊男瑟拉东的爱情故事展开。

自然的愿望。因此尼古拉·勒加缪·德·梅齐埃[1]眼中的尚蒂伊村落便成了"新阿卡迪亚":"在如茵的绿草之中,我们依稀看到了七座盖有茅草的房屋。"[19] 在园林建筑师的眼中,装饰一片原本简朴的宜人草地是野蛮的;因此这时,有人便宣扬植物的权利。梅森[2]写道:"每株植物在新生时都保留着对其权利的享受,就如同在自由政府下出生的每一个人。"[20]

在《百科全书》的"风景"一栏下,"田园或乡村风格"与"英雄风格"被放在一起进行对比:在前者中,"对大自然的表现十分简单……我们可以在那里看到牧羊人以及他们的羊群……远方以及草原"。于是此时贝尔纳丹·德·圣皮埃尔发表了其作品《阿卡迪亚》,萨洛蒙·格斯纳[3]的《田园牧歌》也开始产生一定的影响,而如今人们渐渐忘记了当时它曾产生过的巨大影响。这些书籍的出版确实是牧歌历史上的一个转折点,这位乡村生活的歌颂者在笔下创造了一位善良、健壮、热情的瑞士牧羊人。 在这座"阿卡迪亚"中,洋溢着自由与欢乐。人们可以兴奋地再次在草地上休

---

[1] 尼古拉·勒加缪·德·梅齐埃(Nicolas Le Camus de Mézières,1721—1789),法国建筑师、理论家。他出版了几部关于建筑和相关主题的作品,与以往的建筑理论不同,勒加缪的建筑理论建立在建筑与戏剧的相似性基础之上。他的建筑表达方式遵循着一种类似戏剧性展开的时间进程,整个建筑内部的装饰层次类似于戏剧表演中的一系列舞台布景。
[2] 梅森(William Mason,1724—1797),英国诗人、作家与园艺师。著有长诗《英国花园》。
[3] 萨洛蒙·格斯纳(Salomon Gessner,1730—1788),瑞士画家和诗人。其画作一般表现传统的古典风景。

憩，这是从田园诗中继承来的传统。在草中的休息预示着和平，预示着对忧虑的遗忘，预示着激情的沉寂，预示着天真的快乐。[21]

尽管人们一再强调古典牧歌已消逝，不过19世纪仍然出现了它的身影。我们将在后面看到古代牧歌曾赞美过的动物形象所激起的情感。现在就让我们看一个简单但又十分具有代表性的例子，勒贡特·德·利勒的整个《古诗》诗集中充满了这一传统。费迪蕾的休憩至今仍留在人们的记忆中。迪帕克[1]还为其谱曲：

> 在白杨的树荫下，柔草安然入睡[2]，
> 斜坡上布满青苔的泉水……
> 安睡吧，噢，费迪蕾……
> 阳光正好，百里香与三叶草丛里，
> 变幻无常的蜜蜂正独自嗡嗡作响。

他在《六月》这首诗中写道：

> 草地散发出一种潮湿的青草味……
> 草坪上充满了和谐的声音

---

[1] 迪帕克（Henri Duparc, 1848—1933），浪漫主义后期法国作曲家。青年时期创作了许多艺术歌曲。
[2] 此处本书原版为 soleil（太阳），疑拼写有误经查证，应为 sommeil（睡）。

1864年，在诗歌《终将死去的星星》中：

除了这混乱和熟悉的喧闹

从草和流水中升起

万物都在睡梦里[22]……

这种回忆，甚至这种怀旧，如今在提到山羊、绵羊、公牛或奶牛的快乐时，就变得更加明确了。因为人们自此不再害怕将本属于牧人的情感投射到动物的身上。

草地上动物的快乐和幸福便是灵感的源泉，这种感受在忒奥克里托斯和维吉尔的作品中很常见。忒奥克里托斯《牧歌》中的第四首田园诗中，西米基达斯描述了爱慕春天的山羊，并在后面进一步讲述了鹳鸟的欢愉，以及夏日气息散发之时云雀、斑鸠和蜜蜂的幸福歌谣。[23] 维吉尔在其第四首农事诗中也歌颂了蜜蜂与小母牛的幸福，后者"静静地踩在绚丽多彩的草地上"[24]。奥利维耶·德·赛尔在17世纪初也描述了某些情境下动物的惬意与欢乐。因此，在牧人到山上放羊的三个月中，"牧场与空气的变化"有利于羊群健康，它们可以"快乐地"在山间走动。"空气清新、水草肥美，羊群也会欢乐而归。"[25] 后来，弥尔顿也赞颂了身处人间天堂中动物的舒适闲逸。19世纪，莱奥帕尔迪描述了鸟儿在见到"青葱绿意"时的欣喜之情。

我们的注意力最主要还是集中在动物——山羊、绵羊、公牛和母牛——与草和睦相处的景象及其带来的愉悦。许多作家在这样的场景前驻足，并坚持表达他们当时的兴奋。菲利普·雅各泰描述了一群羊，它们让他陷入了深思。他首先强调了这些动物和高草之间的和谐："到底是什么让这些牲畜与高高的草丛结合得如此融洽？"后来，他在这些温顺的家畜身上发现了魂魄的存在："在它们刺鼻的气味中，仿佛雅各[1]与尤利西斯会现身并久久地注视着我们。"但作者很快改口称："在草地的绿色和金色之间……更像是……一场窃窃私语的大会……。这些牲畜聚在一起，急忙低声拼读着'草''土地''牧场'等词语；不过也可能是'永恒的和平'和'至高无上的和平'"26。

现在让我们徜徉在拟人化的文本中，这些文本的作者因看见古代牧歌中出现的动物而欢欣鼓舞。例如，我们之前就已经遇到过于草丛之中陶醉的山羊，这一主题就常常被提及。

要说被重复提及最多的画面，非属公牛、母牛以及小牛不可。1788 年，丰塔纳[2]这样描述卸套归栏的牛："它们沉闷的吼声回荡在草地上。"27 一直受维吉尔启发的雨果随后在《静观集》中描写了一只"夜晚在及膝的青草中低吼的"红棕色牛。这种关注在其

---

[1] 雅各（Jacob），《创世记》中的人物，又名以色列（Israel），犹太人的祖先、以撒的幼子。
[2] 丰塔纳（Louis-Marcelin de Fontanes，1757—1821），法国诗人与政治家。

诗歌中反复出现。在同一本诗集中,雨果这样歌颂田野中的牛:

> 吃着百里香……
>
> 野蛮、黑暗和安静的生灵
>
> 与巨大的岩石和小花交谈,
>
> 在山谷和潺潺的泉水间,
>
> 将它的红鼻头埋入未遭踩踏的草丛中。[28]

雨果在其信件及游记中多次提到了牛群的景象。一天,天气美丽,在绍德方丹与韦尔维耶[1]之间,他宣称看到了"三五成群的小母牛优雅地躺在绿草地上的树荫下休息"[29]。在同一时期,罗莎·博纳尔[2]、朱尔·迪普雷[3]以及多比尼[4]都不断在用绘画表现这一场景。1837年,雨果在给妻子的一封信中称赞了索姆河畔"幸福茂密的草地上,美丽的奶牛在沉思,一缕炽热的阳光穿过高大的白杨洒在它们身上"[30]。

---

[1] 绍德方丹与韦尔维耶(Chauffontaines、Verviers),前者是位于比利时列日省部芾德尔河河谷的一座城市,后者是位于列日省东部阿登地区的一座城市。
[2] 罗莎·博纳尔(Rosa Bonheur,1822—1899),法国19世纪著名的风景、动物画家。
[3] 朱尔·迪普雷(Jules Dupré,1811—1889),法国画家,也是巴比松画派的主要成员之一。
[4] 多比尼(Charles-François Daubigny,1817—1878),法国巴比松派的风景画家,被认为是印象派的重要先驱之一。

第七章 草比沉睡更甜美（勒贡特·德·利勒）

正如我们之前强调的那样，勒贡特·德·利勒后来也多次提到田园牧歌中的动物。让我们来看看其诗作《福尔图斯·亚森托》[1]：

> 它是平原和肥美牧场之王。
> 充满缓慢的力量，穿过草原茫茫
> 它通过叫声引导自己的紫色伙伴
> 悠闲地陶醉在绿色草畔。

它就一直这样吃到了正午。这时，温柔的树荫：

> 为它铺了一床风信子与青苔
> 像神一样躺在沉睡的河边，
> 它在安静地反刍，半闭着双眼。

在诗歌《六月》中，勒贡特·德·利勒提到了一直吼叫的公牛，把它形容为"暴躁的草原之王"，在《正午》一诗中，他描写道：

> 不远处，一众白牛躺在青草中

---

[1]《福尔图斯·亚森托》(*Fultus Hyacintho*)，福尔图斯·亚森托是勒贡特·德·利勒给牛取的名字。

流着口水，沉湎于永不停息的内心梦想。[31]

1856年10月，从简单和普通的事物上获得的乐趣中，梭罗想到了一个惊人的计划。他写到，他更喜欢"整天观察草地上来来往往的这些奶牛(在这里，它们都朝着同一个方向缓慢移动)，观察并在地图上仔细画出它们行进的路线。而不是前往欧洲或者亚洲去记录其他的来来往往"。[32]

在考珀·波伊斯的小说《格拉斯顿伯里传奇》中，表亲玛丽和约翰乘船旅行归途中凝望着乡野："诺福克奶牛不时出现在眼前，它们身披棕色和白色长袍，低着头，乳房硕大无比。当船只经过时，它们给这景色增添了一种'迷人的静谧氛围'，仿佛在牧场的宁静和牛群的庄严中展现了某个古代神灵的梦想。"[33]

20世纪中叶，《没有个性的人》的主人公乌尔里希在乡间散步，抒发着自己的情感。他思索着："一切都变得如此简单！情感渐渐平复，思绪也如拨云见日、云散月明般变得清晰。突然，灵魂变回了万里无云的湛湛蓝天！路旁游走着一头奶牛，它头望着天：这场景是如此让人影响深刻，似乎世界上没有别的东西了！"[34]

1959年8月，我也有过类似的感受。那年夏天，我早早地起来，沿着法国境内最为茂密的树篱林地行进了四公里，这片草地位于科唐坦半岛底部的诺曼底山丘之上。我在那里等待去往格朗维尔[1]的客车，我的朋友在那边等我。当时我正倚在草地旁的栅栏上，突然一头母牛向我走来。在一刻钟的时间里，这沉重而沉默的存在占据了我全部的注意力。我们两眼相交，一动不动，那一刻我永远也忘不了。

多米尼克-路易丝·贝勒格兰将牧歌恰如其分地称作"轻快和永恒的愉悦"[35]。如今，这种牧歌仍然默默存在。菲利普·雅各泰也感受到这点并执笔将其记录了下来，尤其是在其作品《失而复得的阿卡迪亚》中。书中一开头便赞美了这传说中的仙境，"在此地，大自然的亲近与最高雅的文化艺术形式结合在一起：那个时代人们知晓天堂的景象"，他还表达了想要保留这种时代魅力的愿望。

---

[1] 格朗维尔（Granville），法国西北部芒什省的一个市镇。

第八章 收割之馥：草上劳作与场景

石头上的钢铁之歌停了，
草枝颤抖着，吱嘎作响，
伴随着阵阵呜咽声，
它们应声倒下。

本章是关于草地上的劳作情景所激起的情绪，这些情绪在自传、文学以及绘画中都有所体现。镰刀、收割的动作、收割时节以及储藏牧草的方式都激发了人们的想象。草总会有一天被制成牧草。虽然制备牧草往往是一个集体行为，也因此它并不真正属于本书的主题[1]，但本书中仍不能缺少它。至少我们可以简短地思考一下，看看劳作的景象可能会在一个没有真正参与其中的人的脑海中留下什么印迹。如今，这种近乎消失的场景所带来的怀旧情绪进入了草的历史之中。

在中世纪文学与绘画作品中，这种劳作的场景随处可见。中世纪的文本中充满着如下内容："优质草地"的描述、色彩斑斓的草原景象、例举草场中不同种类的草——同时这也是草地与普通牧场的区别（pratum 与 pascuum[2]）、割草动作以及权力、骑兵与草原三者之间的联系，等等。研究 11—15 世纪诺曼底地区的草与人类关系的历史学家丹尼尔·皮绍得出的结论是："虽然不是一切都围绕着青草转，但草地与牧场仍然是观察人类生活的绝佳场所。"他还呼吁重新考虑草在中世纪的重要性²。科琳娜·贝克[3]强调，在 14 世纪和 15 世纪的索恩河谷地区，刈割周期相当长，

---

[1] 本书的主题更多是围绕个人对于草的情感，因此并没有囊括集体的情感。
[2] 这两个单词分别是"草地"与"牧场"的拉丁语。
[3] 科琳娜·贝克（Corinne Beck, 1953—   ），瓦朗西纳大学中世纪历史和考古学教授。主要研究过去的社会与环境之间的关系，特别是中世纪社会与动物世界之间的关系。

因为从"第一棵草"到再生草之间要经历许多次刈割。这些具体的操作流程基本固定并一直延续到了 20 世纪中叶：割草—翻晒、耙拢和堆砌干草[3]—分块—装车并运走，并且连工作时间都没发生太大变化：人们预计需要一整天的劳作才能刈割完两公顷草地。

同时，在中世纪的书籍中出现了草之力量的概念，如今该概念仍然存在于比利牛斯山脉的中部地区。草之力量特指某些草，尤其是春季的草，太过强壮，可能会使动物生病，因为对这种力量它们还没有获得足够的抵抗力。[4]

在人工播种的草地大量出现之前，对草地维护工作的内容并无太大变化：清除灌木丛；捣毁鼹鼠丘让草地保持"平整"；收集落叶，使它们不会因腐烂而破坏草地，必要时进行灌溉以及确保流经草地的小溪能以最好的方式滋养草地。1600 年，奥利维耶·德赛尔便详细论述了草地上的劳作方式，特别是那些被充分润泽，能出产"十分优质"的牧草的草地。根据他的说法，农夫首先需要了解土地的性质，实际上，"牲畜爱吃的肥美新鲜牧草多数不会来自贫瘠的土地"。这就需要对草地进行浇水、"清除石块"、巧妙锄草，让"此处不再留有荆棘、灌木或石头"。最后还不要忘了"赶走鼹鼠"，同时清除掉"苔藓以及地里的蔓生植物"，为此，他还建议施用"草木灰"。[5]

在文学作品中，有许多关于在草地上劳作步骤的描述，我们之前只是用了一些例子略加谈论了一下。但更为罕见的是那些讲述旁观者感触的文字,就让我们试举几例。首先我们不能忽视采摘喂兔子的青草,我曾在其他地方介绍过在占领期间诺曼底树篱林地中,这个场景十分常见。[6] 因此每天晚上,往返于阿朗松和栋弗龙[1]的长途客车司机总会在小路尽头停下来,那里会有一袋农妇为他准备的喂兔子的草,接着司机会把这袋草装上车。在当时还是孩子的我眼中,喂兔子的草俨然成了情感的寄托。每天人们都要去河边肥沃的草地里采摘这些草。关于这点我们应当发现,穷人注定只能采摘路旁生长得更稀少、更干枯的草。若利斯·卡尔·于斯曼在《滞留》中就写到诺里娜姨妈由于要喂兔子,每天都会来到位于拉雷诺迪埃[2]的某一斜坡上采摘青草[7]。

当然,草地劳作中的主角肯定是收割者。但是割草的技巧以及能与团队有效融合的收割节奏是需要学习的,要学会和收割队统一节奏可并非一日之功。村民间的相互了解让大家能够和谐相处、步调一致,因此刈割带有一种欢笑与汗水并存的氛围。艾梅·勃朗[3]这样描写刈割:起初"石头上的钢铁之歌停了"——镰刀已磨尖——"草枝颤抖着,吱嘎作响,伴随着阵阵呜咽声,它

---

[1] 阿朗松和栋弗龙(Alençon、Domfront),阿朗松是法国诺曼底大区奥恩省的省会,栋弗龙是法国奥恩省的一个旧市镇。
[2] 拉雷诺迪埃(La Renaudière),法国曼恩-卢瓦尔省的一个老市镇,属于绍莱区蒙特福孔蒙蒂涅县。
[3] 艾梅·勃朗(Aimé blanc,1908—1995),20世纪法国作家。

们应声倒下"[8]。让·季奥诺在《愿我快乐长存》[1]（1935）中写道："割草时基本都是一棵一棵地割。兰杜莱所有的肌肉随时都处于极度的激动、松弛或发力状态。他甩下镰刀，后又拿起，沿着石头穿入草中，将刀尖深深插入，再一提，再甩下去。每一次刈割都是不同的姿势。"[9]

古斯塔夫·鲁用更诗意的语言表达了这一点："收割干草的前一天，太阳下山了"，收割者自言自语道，"我用一簇湿草擦拭镰刀"。当收割这一天到来时，诗人对工作中的收割者说道："盛开的三叶草散发出甜蜜的气息，它的芬芳如丝般轻抚着你赤裸的肩膀"，后来又称："凶残又细致的收割者啊，在你的膝边，开满成熟花朵的草地汹涌澎湃；你把它们切开，它们纷乱地坠落，我曾经深爱过的黑色鼠尾草、雏菊和无名的花冠，这如泉水和暴风雨的蓝色，那正是你目光的颜色。"不过，"六月的星期日，大约是十点钟，这时白天突然就像割后的草——所有的欢乐都已经干涸了，割断的草茎，休息时的无聊烦闷就像需要穿越的沙漠"。当收割者不工作的时候，他便沉浸在幻梦中："指甲抓住立起的镰刀，自己则站在花瓣和香馥的雨中。"[10]

只要是关于草的作品，其中就一定会提到收割时的快乐，例

---

[1]《愿我快乐长存》（*Que ma joie demeure*）是法国作家让·季奥诺（Jean Giono）1935年创作的一部小说。故事发生在法国南部格雷莫纳高原的一个二十来人的小村庄，那里的居民患有麻风，生活艰苦。而一位杂技演员波比（麻风治疗师）的到来改变了这一切，他试图通过教导村民快乐的价值观来拯救他们。

如侯爵夫人塞维涅[1]的作品：她就只是用木叉略微体验了下收割工作便表达了一位贵族的情感。1671年，侯爵夫人以说教的口吻写道："我必须向你们解释，翻晒牧草是世上最美好的事情，这只需要在草地里边玩边翻弄牧草就行了。想要掌握如何翻晒（草料），知道这么多就足够了。"[11]

侯爵夫人没有写到在露水消失后的第一天，人们又翻晒一次到两次前一天收割的牧草。第二天，再进行相同的操作，然后将干草堆成垛。第三天，人们将干草收起来或者堆成大的干草垛，就像中世纪列那狐睡觉的干草垛。

奥利维耶·德赛尔在他的不朽论著中详细阐述了这一切。在他看来，宁愿"早点收割也不要推迟，因为青绿一点的草产量更高，对于牲畜来讲更美味可口。比起过于成熟的草，青草更利于母牛产奶"，并且"比起推迟收割第一批牧草，提前收割会让草地更容易长出再生草"。如果天干物燥，那么在"挥刀刈割"的前一天需要对草地进行灌溉：湿润了，草就"容易收割"。倘若遇上雨天，"在天气转晴后，如果面上的牧草还未干，就不要翻动它"[12]。他还补充道："对于已经晒干的牧草，赶紧将其堆成几堆"，接着根据不同"地区"的习惯将干草"扎成捆"。随后迅速将这些干草运往干草房，不要将晒干的牧草长时间堆放在草地上，否则"会

---

[1] 塞维涅（Marquise de Sévigné，1626—1696），法国书信作家。其书信生动、风趣，反映了路易十四时代法国的社会风貌，现存的书信大部分是写给女儿的。

损害草地,让其无法长出新草"。

如果"农夫"没有带顶的干草仓库,他便会自己盖一些干草房,如果建造得当仍旧可以让干草保持干燥。干草房"通体圆形,上方是金字塔式的房顶"。房屋中央有一根"粗壮的长杆,深扎进泥土之中"。接着我们用"几根绳子来固定垛上的重石"[13]。这项工作完成后,我们不能忘记草地或草原上的草,接下来就要让草地长出再生草和"后续的牧草";并且要注意在"收割完最后一批牧草"之前,草地上不能进行放牧。早在 1600 年,奥利维耶·德赛尔就在书中花了一个章节来介绍红豆草[1],在法国,人们将这一牧草称作 Sainfoin,在普罗旺斯以及朗格多克地区,人们将其称作是 Luzerne。这种牧草每年可收割 5 次至 6 次。

现在让我们回到劳作之外的其他情绪。随着牧草晒干以及堆放成垛,牧草的香气也越发浓烈,收割工作也在这馥郁芬芳中结束了。内瓦尔回忆和西尔维一起在泰夫河畔[2]散步的往事时,这样写道:"原野上满是干草和干草垛,它们的芳香让我神魂颠倒,不过并未使我烂醉,这气味就如同此前树林里散发的清香。"[14]

实际上,干草垛及其芬芳比起收割牧草确实更能打动人心。

---

[1] 红豆草,又称驴食草(法语:Sainfoin),豆科植物,茎秆柔软,营养丰富,蛋白质含量高。法语中 sainfoin 的本意是"健康牧草",因家畜吃了之后长得肥壮而得名。
[2] La Thève,法国北部河流,全长 33.5 公里,流经塞纳-马恩省、瓦兹省以及瓦兹河谷省。

科莱特写道:"如果你六月经过收割过后的草原,圆形的草垛就像是我故乡的沙丘,当你发现月光洒在这些沙丘上时,你会嗅到它们的芳香,敞开你的心扉。"[15] 丹尼丝·勒当泰克这样分析干草的香气:这种香气"摆脱了鲜草的酸味,散发出一种淡淡的微妙甜味,不过可能会让鼻子激动到打喷嚏"[16]。

  一个多世纪前,梭罗曾称赞干草所带来的听觉、触觉和嗅觉感受,以及仓库里成堆的干草给人带来的宁静之感。1852年4月,他在日记中写道:"我走进贝克农庄的仓房,坐在老鼠筑巢的干草上。嘎吱作响的干草,远离雨水的侵袭,听着暴风雨的轰隆,这里给人一种难以言喻的干爽宁静的印象,一种雨天里干草堆的宁静;当外面的一切都是湿漉漉、躁动不安的时候,里面的一切却显得干燥而宁静,干草中连一只躁动的蟋蟀也没有,那么多平静安详的思绪!哦!一个人可以在这里产生出那么多的思绪!干草的噼啪声更凸显了宁静。干草的床是那么深!坐在床上,在那里思考,令人沉浸在梦想中!"[17]

第九章 高雅之草

因为完美,

我们看不见草了。

草地与草原既是劳作的空间，也是牧歌与田园诗的背景，但它们不是唯二的长草之地。除它们以外，草坪有着一系列不同的维护方式、身体姿态、象征和情感，进而使对物质"草"的感知与我们之前所看到的有所差异。

16世纪，弗朗西斯·培根[1]写道："没有什么事物比悉心修剪的青草更令人赏心悦目了。"直至20世纪后半叶，这一观点才逐渐被大众舍弃。因此本章我们将探讨这种被"驯养"的草，也就是草坪与花圃中的绿草。这种草不是用于喂养动物或是谋求利润，它只是用于装饰。丹尼丝·勒当泰克一直在致力研究中世纪中期这类词语的产生。根据她的说法，草皮（gazon）一词在14世纪末的定义是："短而细的草和覆盖着这种草的地方"。不过它有时可以代指草地甚至是草原，特别是在诗歌文学中。三个世纪后，其定义变得更加准确：指花园里的花圃、小巷及斜坡上的草地。而草坪（pelouse）一词起源于普罗旺斯地区，1582年便开始出现。它是指覆盖着"短、密、柔"的青草之地，让人联想到动物的皮毛。因此，草坪是带有贵族气质的，¹它与人的社会地位密切相关。

从1542年开始，花圃就已经是花园中的一部分，人们会在花园中专门开辟一处种植某些花草。大部分的花圃都位于房屋的正

---

[1] 弗朗西斯·培根（Francis Bacon, 1561—1626），第一代圣阿尔本子爵，英国哲学家和政治家，被称为经验主义之父。

前方，因其颜色艳丽、绿草规整，此处最容易让人产生赞美之情。在某些情况下，此地还要展现出屋主的家族纹章。1600年，奥利维耶·德赛尔就曾细致介绍过布置花圃以及土地的方法，使其不仅景色迷人，并且芳香四溢。他解释道："这里将展示如何在考虑到绿草的功能的情况下，利用它们来装饰花圃，使之变得美丽；并且在这个王国之中，人们会怀着钦佩之情欣赏着这些布置得极好的花园。"简而言之，花园布置的景致和由此唤起的皇家的雄伟气派让人产生了快乐、钦佩和华丽之感。在这里，草的屈服是有象征意义的。实际上，在奥利维耶·德赛尔眼中，这类花园的样板就是国王让人在枫丹白露宫、圣日耳曼昂莱[1]以及其他皇家庄园之中所布置的花园。

照"普拉德尔领主"[2]奥利维耶·德赛尔的说法，看到"通过表现字母、题铭、数字、纹章、钟盘以及人和动物动作'说话'的青草"——着重注意这里草之语言的概念——还有"用草和灌木做成的建筑、船舶、凳椅等一系列作品"的精美布局，这一切都会让人叹为观止。许多精美的园林一角都印证了奥利维耶·德赛尔的这段言论。

园丁要想创造这样的奇迹，就必须遵循以下几个原则：首先，

---

[1] 圣日耳曼昂莱（Saint-Germain-en-Laye），位于巴黎西郊，距离巴黎市中心19.1公里。它是巴黎较富裕的郊区之一，有许多城堡和博物馆。
[2] 1557年，奥利维耶·德赛尔从一位没落的领主那里购得了一块土地，面积100公顷左右，包含一栋城堡。奥利维耶·德赛尔因此19岁时便成为普拉德尔领主。

必须"约束草",其中最重要的是控制"草的杂乱",这种情况在草原混杂的植被中经常发生。园丁要"把草摆放整齐"并保持对称,将它们"等距排列,并适当地彼此分开,以避免草坪因拥挤而显得过于杂乱不堪"。他还必须"控制草的高度……以便露出草底部的泥土……同时不让任何恶草",或简单来说,"外来"杂草侵占这片土地。必须"能够清楚地辨别土地和草",这样才可以判断草坪的布置情况。

这里就需要使用栽植绳以及注意浇水的频率,因为要想保持草木长青,就不能缺水。园丁绝不能"容忍"任何植物"脱离行列",对于"越界"和"过高"的草,园丁是要进行修剪的[2]。

从这部发表于1600年的作品中,我们可以看出对草的约束,就像是施加于臣民或者王子手下的束缚;还有控制自然、恐惧混乱以及渴求秩序的思想,这些思想也成了日后草慢慢得到相对解放的基石。

乔治·桑作品《康素爱萝》中的女主人公在年轻海顿的陪伴下漫步了许久,当到了一座古老修道院的花圃前时,她欣喜若狂,这片花圃在她眼中就如同一片"乐土":"这片草地仿佛是被一缕缕梳理过的,那么光滑,那么整齐。花团锦簇,遮盖了下方的泥土,每块圆形的花圃都像是一个巨大的花坛……看到如此景致,不禁让我心旷神怡。"第二天清晨,"银装素裹的草皮散出轻柔的雾气,仿佛是大地呼出的气体。在爱的微妙流露中,这些雾气一直向上,与天际交织在一起"³。康素爱萝在花坛、花朵和草皮中,感受到了一种与音乐的联系。

这些贵族式草坪、自然的或人工修剪的公园之所以这样布置,就是为了让人产生类似康素爱萝这样的情感。这些情感应和了美丽、和谐以及文明的理想典范。

很快,英国花园中修剪得完美的草坪便为人们所赞美。从都铎王朝起,城市中的草坪日益增多,它们被修剪得十分整齐,人们可以在树木环绕的草地上打球:也就是滚球场草坪(bowling green)。根据基思·托马斯的说法,在17世纪斯图亚特王朝统治时期,这种草坪已经成为英国最具特色的风景之一。⁴

18世纪的浪漫花园特别符合贵族的理想。于丽[1]邀请圣普乐参观其花园,她说道:"你知道,这里的草最初是干枯的。""在同样的地方——就是那个花园——现在变得清新碧绿、流水潺潺。"圣普乐在给朋友的信中写道:"绿草又短又密,草中还生长着百里香、薄荷、百墨角兰和其他芳草。田间万朵野花璀璨夺目,我们还能惊奇地发现花园里的花,它们仿佛和别的野花一起自然生长。"清澈明亮的流水从"草与花之间"穿过,它有时像是"看不见的细网,有时又稍宽点像是溪流"。泉水汩汩从地下冒出来,因此,草总是"鲜美翠绿"。

---

[1] 此处选自卢梭的书信体小说《新爱洛伊丝》,讲述了18世纪贵族姑娘于丽和她的家庭教师圣普乐的爱情故事。

于丽的丈夫沃尔玛解释称草还有另外一个用途。花园中"满目翠绿，散发出蓬勃朝气，却看不见园丁的手"。人们小心翼翼地抹去了劳作的痕迹："我们在所有耕过的地方种上牧草，草很快就会掩盖人为的痕迹。"在冬天还要施肥让草复苏。根据沃尔玛的说法，于丽的花园是"取悦自己"的地方。植物在这里保有它们的权利："你看不到任何校直与平整；这里从来没有栽植绳的身影；大自然不会在这细绳上播种任何东西"[5]。

1800年，皮埃尔·亨利·瓦朗西纳[1]对此则显得更加谨慎。因此，他并不喜欢英式花园。这些不同的事物[2]"布满整块草皮，草又长得那么紧密短小，根本看不清楚，还可能让人误以为是铺在地上的天鹅绒。因此，人们明令禁止在这片单调的人造草坪上行走"[6]。这篇文章很重要，因为它标志着一场直到现代都仍在持续的批判运动的开端，也就是人们要求恢复草的权利。话虽如此，大多数时候，人们依旧赞美草坪，因为它能给人一种秩序与和谐感。威廉·科贝特[3]于1817年抵达美国，他对此地这种缺乏清洁的草地感到悲哀。他写道，在美国，没有"'绅士'花园，绅士

---

[1] 皮埃尔·亨利·瓦朗西纳（Pierre-Henri Valenciennes，1750—1819），法国新古典主义画家。他于1778—1782年在罗马工作，在自然中研究了许多景观，有时在一天的不同时间画同一组树或同一所房子。他特别敦促艺术家捕捉一个场景的建筑、服装、农业等独特细节，以便给景观一种属于特定地方的感觉。
[2] 此处指的是当时人们希望自己的花园如同英式花园那样，有山、水、古堡、磨坊、碑等一系列事物装点。
[3] 威廉·科贝特（William Cobbett，1763—1835），英国记者和政客。他撰写了许多关于从政治改革到宗教主题的文章。

花园应该干净得像接待室，草地齐整得像地毯"[7]。

19世纪末，大型公园渐渐增多，这些公园既受到赞赏，也受到批评。左拉与于斯曼描述了对草坪和花圃的象征性破坏，以及它所引起的矛盾的快乐[1]。小说《穆雷神甫的过错》中想象的帕拉杜建立在破坏的基础[2]上，这一破坏恢复了植物的绝对自由。通过恢复植物本性的冲劲，帕拉杜也宣告了对伊甸园的暂时回归。于斯曼的作品在自然和人工的欣赏之间更为张力十足，因此同样的破坏，在其作品中的影响也更加令人纷扰。在《滞留》中，读者不知道是否应该为城堡花圃的毁坏而感到遗憾，或者不知道造成这种毁坏的植物自由是否激起了某些情感。这些情感不同于植物得到修剪时产生的情感，并且较之还更加强烈。

雅克在已成废墟的房屋台阶上驻足。在他面前的是一个"巨大的院子，空中蒲公英四处飞舞，底下是沿着碎石攀缘的绿叶，上面长着硬刺……"原先的花圃"已回到了原始状态，在一片杂乱的绿色中荨麻、树莓遍地，还长着老蔷薇"以及"窜出田野的三叶草"和虞美人花。"一簇簇苦艾的金色花粒散发的迷人芳香轻抚过野草的冠毛。雅克走到一片草地上，但是草已经枯死了，长满了青苔。"一切都处在"草木丛生"与"绿意喷薄"之中。他跨

---

[1] 一方面，精美花园惨遭破坏，但另一方面各种植物也因此得以重获自由。
[2] 在这本小说中，穆雷神甫被派去的乡村教区有一座空无一人、几近荒废的教堂，因为年久失修，此处杂草也得以自由生长。

过草丛，试图在"草木的杂乱"中缓慢前行。"所有之前种植的花朵都已枯萎……偃麦草乘虚侵入"，一场"扎克雷起义[1]，农家野草与黑麦草终翻身，成了这片土地的主人。它们用无数封建植物与贵族娇花的生命养育着这块土地"[8]。在这里，于斯曼似乎怀着一种激动、愉悦的心情描述了草坪、花圃这类社会地位象征的消失，似乎是在赞扬植物象征意义的反抗。在我们看来，沿着这条主线——自18世纪以来从未间断的对植物自由的颂扬，是很重要的。不过在19世纪，尤其是在法兰西第二帝国之后，公共花园的草坪决定着草在城市空间中的命运。

法兰西第二帝国时期，设计公园的目的就是为人们日常散步提供新场所，过去通常位于林荫道或步行道两侧。这些都是高端和供人炫耀的场所，在此进行活动不是最重要的目的，而更多是寻求休闲与宁静。在外出散步时，这里是展现新精英们感性情怀的场所，他们希望看到一个被驯服、风景如画同时也符合道德和卫生的大自然。我们稍后还会讲到。

路易-米歇尔·努里[2]研究了分布在法国全境的33个这样的公共花园，他称草坪平均占据公园面积的一半之多。这些草坪的

---

[1] 扎克雷起义，1358年法国的一次反贵族的农民起义，是中古时代西欧各国较大的农民起义之一。扎克雷，源自Jacques Bonhomme——"呆扎克"，意即"乡下佬"，是贵族对农民的蔑称，起义由此得名。
[2] 路易-米歇尔·努里（Louis-Michel Nourry, 1964—   ），法国历史学家，专门研究花园和景观。

景观功能多种多样："分隔着各色植物，同时可以将非凡的植物景观展示出来。它们有助于加强视野内景色的和谐统一。如茵绿草也确保了两个景观之间的平滑过渡。"在里昂金头公园，这一点尤为明显。它有116公顷土地需要分割，和湖泊一样，草坪在其中也扮演着"黏合剂"的角色。独立的小树林用来打破单色草坪所带来的单调感。[9]

在19世纪末期割草机[1]出现之前，公共花园的草坪都是人工定期修剪的。20世纪30年代，还有许多地方仍然采用镰刀割草。1870年以来，一些面积较小的草坪是由小型机械割草机修剪。

左拉将这些草坪称作"草原的碎片"；文森特·梵高称这些碎片是一大片青翠又带着委罗内塞[2]式柠檬黄的草地。[10]它们就是用来欣赏的。伊曼纽尔·佩尔努[3]称我们不得不欣赏一片绿色的土地，一种如画般被框起的绿色，望着这"一种不供人食用、没有动物帮助便被吃了的草[4]"。这种装饰性的牧场是禁区，仿佛这里是一幅单色画。他后面写道，在这里，人们教导孩子了解这"近

---

[1] 这里指的是带发动机的割草机，发明于19世纪末期。割草机的发明历史可追溯至1830年，英国工程师埃德温·比尔德·布迪(Edwin Beard Budding)发明了手推式机械割草机，后来又出现了靠马匹牵引的割草机，19世纪末随着蒸汽以及内燃机的运用，发动机驱动的割草机问世。
[2] 委罗内塞（Véronèse，1528—1588），意大利文艺复兴时期的画家，以宗教和神话的大型历史绘画而闻名。这里指的是类似柠檬的黄绿色。
[3] 伊曼纽尔·佩尔努（Emmanuel Pernoud），艺术史学家，巴黎第一大学当代艺术史教授。
[4] 此处指草地被修剪。

乎虚空的威严：小小的一抹绿可以抵得上最美丽的艺术品"。"我们让大众学会用眼睛去触摸此地，就像在博物馆中一样。"[11]

左拉在《广场》[1]中提到在这些地方，草在橱窗里；草地于草来讲便是遁世之地。孩子们不能在上面踩踏，一些穿制服的人看守着这些草坪。这里我们重复一遍，这种严明的纪律目的就是要人们学会克制自己的欲望。伊曼纽尔·佩尔努称："这属于自我牺牲和克制的道德教育。"[12] 这些绿色的草坪也起到了控制空闲时间，安抚人心的作用。不过在19世纪，我们也期望从草中得到其他的好处：公共花园的草坪也有出于医疗卫生的考虑，因为它的绿色是"疗肺之绿"，因此公园绿地是预防肺结核的宝地。但它同样也是一个人与人之间秘密交流的地方。

当然，城市公共花园的草坪从一开始也遭到了少数人的抨击。兰波谴责愚蠢的草坪，左拉为它们写了一篇名为《广场》的文章，并在文中畅想让草坪重获自由。他想象草已经重新征服了大地："如果把巴黎各大广场的大门关闭一百年，让大自然完成充满朝气的作品，巴黎人最终会看到，在他们的墙上将长出真正的

---

[1]《广场》(*Les Squares*) 是左拉于1867年发表于《费加罗报》的文章。左拉用他的笔触描绘了巴黎的广场——"在灰蒙蒙的房屋海洋中的这些绿岛"。他在文章中明确表示讨厌这些被栅栏包围的草坪，因为在那里的鲜花像在商店橱窗里一样陈列着。

草。"[13] 这应该会让"动态花园"专家吉勒·克莱芒[1]感到高兴，但悲观的左拉在后面补充道："我确信，他们（巴黎人）会很快把这些草毁掉，种下漂亮雅致的小草，用这些天鹅绒般的高雅之草装点他们的花园。"从 1910 年开始，"绿色空间"[2]的概念在一定程度上取代了这种被严加看守和围起来的绿地。

但是在 19 世纪下半叶，公共花园的草坪并不是唯一的绿地。只要看看修拉的《大碗岛的星期天下午》[3]你就能意识到，还有另一种方式来欣赏草，它与在乡间聚会以及在草被控制的公共花园中的欣赏方式是不同的。画中的人物可能是周日正好聚在同一地方，他们踩在一块一望无际的草坪上，这是一个没有管制的公共花园。绿地中的短草既是小道，也可以供人坐下休息。我们目前还不清楚青草所创造的空间是效仿田园诗里的场所，还是一种无聊和"闲散却无幸福可言"之地。在这片草地上，"所有人似乎对他人的冷漠无动于衷"[14]。

从此草坪发生了深刻的变化，如今它是人们口中"绿色空间"

---

[1] 吉勒·克莱芒（Gilles Clément, 1943— ），法国作家、植物学家、昆虫学家、生物学家，倡导"人文主义生态"——不是对未受人类破坏的自然的浪漫崇拜，而是伙伴关系。动态花园（Jardin en mouvement）概念的提出者，认为花园应该是植物可以自由成长的园林，重新定义了园丁的角色，将观察定为园丁首要任务。
[2] 这里的"绿色空间"就是指城市的小片绿地，而后文中围起来看守的绿地指的是公园。
[3] 乔治·修拉（Georges Seurat, 1859—1891），法国点彩画法的代表画家，后印象派的重要人物。他的画作风格与众不同，画中布满了细腻缤纷的小点。《大碗岛的星期天下午》(Un dimanche après-midi à l'île de la Grande Jatte) 是其代表作，画中描绘了巴黎人周日下午的场景。大碗岛是塞纳河中的数座小岛之一，小岛的法文名称就是大碗或盆的意思。

的一部分，不再被视为景观单元，而是娱乐休闲场所。在第二帝国中期，位于布洛涅森林的卡特朗草地就允许人们踩踏。在里昂的金头公园，人们可以在草地上漫步、嬉戏、野餐并组织"草地午餐"。这也是巴黎地区在乡村聚会时的惯例。

从 20 世纪初起，草坪的基本功能变成了满足家庭的需要。这些家庭期望布置（用于孩子的）游戏场地，并且更青睐可以行走在上面放松的草地，而不是只是用来观赏的草地。因此游戏场所与各种小径数量成倍增加。简而言之，以上所有都伴随着一个带有草坪和开放空间的新社交目的地的诞生。

我们还遗忘了一小部分草坪与花圃：资产阶级住宅里的草坪和花圃。在这个被墙壁围绕的有限绿色空间里，人们常常避开他人视线来到此处阅读、幻想，或者更少见的是，去玩耍。我们还可以坐在扶手椅或摇椅上。如果我们承认让·桑特伊可以代表马塞尔·普鲁斯特的话，年轻时候的他就在这样一个幽闭的空间里每天待上几个小时。天气晴好的时候，如果让·桑特伊不散步，那他会喜欢待在外面，坐在摇椅上。"有时甚至躺在草地上。整个草坪都沐浴在阳光下，它不仅仅是被阳光染成了金黄色，而是被阳光所浸透。草坪中充盈的阳光就如同太阳下熟睡中女人的倦意，有时太阳还出现在灿烂耀眼的草尖上。""鸽子用爪子在这金黄色的草皮上缓慢地走着，它们如同阳光反面的黑影"洒在草地上。[15]

许多文献都在谈论北美郊区的草坪，这主要得益于英国专家给予它们极大的重视。尤其是在第二次世界大战后,这些草坪里的草逐渐占据了城市空间,它们成了白人中产阶级的象征。在让·莫泰看来,这是"中世纪封闭花园的标准形式"[16],但不同的是这种草坪没有任何真正的物理屏障,也没有明确的宗教意义。让·莫泰认为,禁止践踏草坪可被视为一种草地神圣化的形式。例如,欧洲公共花园中的草坪,这种形式的草坪也是对我们之前所描述的青草史的否定。他还补充说,这种草坪也是人们怀古的慰藉。[17]面对美国广阔空间的历史,面对费尼莫尔·库柏笔下的草原历史,草坪让人们从附近的环境也就是房屋面前重新启程[1]。所有这一切都与家庭和日常生活重新得到赞美息息相关。因此绿色空间和以往贵族式的草皮已截然不同。

草坪也可以称作"绿色地毯",是它将房屋的内部和外部连接在一起,它就是露天的地毯。和电视机一样,草坪也是家庭的象征。在这方面,电视情景喜剧中草坪和园丁的重要性给观众留下了深刻印象。郊区的草坪证明了在这个世界上,我们正同无序做着斗争。短嫩又齐整的绿草预示着家的气氛。永恒的绿色可以想象为永葆青春的源泉。居伊·托尔托萨将其比作从打印机里出来的墙纸。[19]此外人们想尽一切办法让草坪在全年都保持一

---

[1] 让·莫泰的文章中就曾指出,从 19 世纪末期开始,美式郊区住宅就展示出人们重新将目光转向了自己周边的环境与家庭日常,回归简约。例如,他们在郊区住宅周边布置草坪,增加与自然接触的机会等。

致，因此它也是人们对抗衰老困扰的隐秘反应。从另一个角度，西蒙·沙玛在北美郊区的草坪上察觉到了幽灵草原占据的死亡空间。

更谨慎地说，打理草地更像是一场无休止的斗争，几乎没有留给人们欣赏它的时间。在这里，植被管理会让人焦虑不安，因为如果我们不注意，草随时都可能卷土重来。这就是为什么"我们就像对待每个月都要被带去理发的孩子一样修剪草坪"[20]。草坪有时会引起邻里之间的争斗。当然，屋主的声誉取决于他如何装饰室内环境，但或许更取决于他如何打理草坪。草的疯长或杂草的出现，甚至是胜利，都将是一场噩梦。雅克·塔蒂[1]在他的电影《我的舅舅》中以一种喜剧的方式表现了以上这一切。

针对北美郊区的道路、草坪和房屋之间的融合，让·莫泰给予了极大的重视。屋檐下的绿毯让房屋看起来可以移动。[21]霍普[2]的画作便可表明这一点。

运动草坪在很多方面都与北美郊区的草坪有些类似。定义它

---

[1] 雅克·塔蒂（Jacques Tati, 1907—1982），法国著名电影喜剧演员、导演。第二次世界大战后，法国经历了蓬勃发展。在辉煌的30年代，城市化进程加快，汽车、电视和各种家用电器已进入法国人的家庭。《我的舅舅》讲述了主人公于洛先生受邀来到自己侄子家居住，结果由于不适应"现代"生活而闹出的种种笑话，展现了他与第二次世界大战后法国对现代建筑、机械效率和消费主义的迷恋间的堂吉诃德式斗争。
[2] 霍普（Edward Hopper, 1882—1967），美国现实主义画派的代表画家之一，他在水彩画、版画等领域也有很深的造诣。

们的关键词就是"人造"。乔治·维加列罗[1]就描述了体育领域自然空间与物体的消逝,特别是对以往草地中进行的日常运动的舍弃。从1880年开始,人们不再使用粗大树枝栏架作为"跨栏赛跑"的障碍物。同时,跳远也不再是跳过流经草地的小溪。这一过程在其他许多运动的历史上都可以看到:例如,大家可以发现如今已经看不到在杉树之间的滑雪比赛。不过20世纪初之前,对于空间的去自然化和保留原始运动比赛方式之间存在一定的时间差。最后还要说明的是一些马术比赛并没有受此过程的影响。[22]

近年来,合成草地有渐渐取代自然草地的迹象。众所周知,越来越多的足球比赛场地已经不再是真正的草坪了。简而言之,在体育领域中,任何与草地、草坪和树篱林地有关的事物几乎都消失了,尤其是在田径长跑中。马拉松以及在城市街道中的竞走比赛亦是如此。在"军事训练"期间,我曾看到过宪兵在诺曼底树篱林地上跑一百米和一千米,这种景象如今已经离我们很遥远了。[23]

高尔夫球场则不同,其历史更加微妙与保守。高尔夫的草地会使我们产生之前从未提到过的情绪,它具有比赛中所必需的多方面素质。西尔维·纳伊[2]就总结了高尔夫球场不同区域草的质

---

[1] 乔治·维加列罗(Georges Vigarello,1941—   ),出生于摩纳哥,法国历史学家和社会学家。
[2] 西尔维·纳伊(Sylvie Nail),法国南特大学当代英国研究教授,现为哥伦比亚外事大学特聘教授。她的研究主要是从城市人类学和公共政策的双重视角,探讨文化与政策在英国、北美和南美城市环境关系中的交集。

地。发球区的草必须修剪得很短,连接发球区与果岭的球道上的草可以稍微高一些,在长草区边缘的草要更高更密集,最后在果岭的草皮也要修剪得很短。这里的草皮一定要尽可能细嫩。西尔维·纳伊写道:"因为完美,我们看不见草了。"[24] 每个区域适合不同种类的草。这些不同的草地的质量由运动员和场地边的观众来衡量,他们会仔细检查其密度和修剪的状况。因此,要指出的是,在任何其他地方,人们的眼睛都不会如此仔细并且不动声色地观察、测量和评估草坪的品质。

西尔维·纳伊在此还强调了一个我们之前都没想到过的草的功能。正如我们之前所见,草坪是一个身份区别的标志,它同时可能是英国殖民扩张的一个介质。英国的殖民地的畜牧景观在很大程度上移植于英国自己的牧场。这位历史学家甚至认为,英式牧场的对外传播是一种旨在重塑和控制空间的"地理暴力行为"[25]。高尔夫是从北半球传到南半球的,而高尔夫球场的草也可以佐证这一观点,它同样旨在绘制一幅有着不平等的基础、与精英阶层的经济实力挂钩的帝国主义地图。

第十章 白色大理石般的双脚在绿草上闪耀（拉马丁）

高贵而轻盈，她嬉戏着

脚下的草

在纤纤玉足之下

弯着腰，但并未破碎！

纵观历史，女性的魅力和草有着密切的联系。女性出现在草地上，特别光着脚出现，自古以来就让人浮想联翩。本章我们仅探讨这种情色化绿色空间的自发方式，不会出现类似在阿卡迪亚，促使潘神与仙女交合的极端情欲。让我们把这种强烈的情色肉欲留到下一章，本章暂时集中于讨论田园风情、想象与惊喜。

这一章接下来的内容来自公元前7世纪赫西俄德撰写的《神谱》[1]。克罗诺斯用镰刀阉割了他的父亲乌拉诺斯[2]。这块割下的不朽之肉被扔到了远处波涛汹涌的大海中，经过一段很长时间的漂流；后来从白色浪花的泡沫中走出了一位女孩，她来到了塞浦路斯岛的海岸。"美丽可敬的女神从海中走了出来：她只是挪了一步，周围就长出青草。"¹ 因她是由环绕在她父亲下体周围的泡沫所形成，众神和人们便把她称作阿弗洛狄忒（Aphrodite）——"Aphros"在希腊语中的意思是泡沫。"爱守护着她，她一出生，美丽的欲望便陪伴左右。"因此，她便有着"小女孩般的聒噪、微笑、谎言、

---

[1] 赫西俄德（Hésiode），大约出生在公元前8世纪，古希腊诗人。以长诗《工作与时日》《神谱》闻名于后世，被称为"希腊训谕诗之父"。现代学者认为其作品是研究希腊神话、农耕技术、早期经济思想(他有时被认为是历史上第一位经济学家)、古希腊天文学和古代计时的主要文献资源。《神谱》描述了希腊诸神的起源和家谱，内容大部分是神之间的争斗和权力的更替。
[2] 乌拉诺斯（Uranus）：天之神。盖亚的长子和丈夫，第一任神王。他是一个残忍的丈夫，不允许任何一个孩子离开他们母亲的子宫，最终导致他的儿子——克洛诺斯的叛乱和自己的死亡。克洛诺斯（Cronus）：盖亚与乌拉诺斯的十二个提坦儿女中最年幼的一位。克洛诺斯推翻了他父亲乌拉诺斯的残暴统治后，领导了希腊神话中的黄金时代，直到他被自己的儿子宙斯推翻。

第十章　白色大理石般的双脚在绿草上闪耀（拉马丁）

喜悦、温柔和甜美"。

就我们而言，最重要的是要注意在赫西俄德的文字中，这位女神是一位年轻的女孩，被爱护卫着，有着该年龄段所有的特征。阿弗洛狄忒刚从海里出来，她那双柔软的脚便让海岸变成草地。年轻女神赤裸的双脚和小草的生长相结合，这一结合在人类想象的历史长河中产生了重大影响，女神在这里建立了一片广阔的爱情绿地。多米尼克-路易丝·贝勒格兰写道："换句话说，草、语言和爱情从一开始就联系在一起。"她还强调称，正是在草丛采花时，哈迪斯[1]乘机引诱了科瑞，把她带到冥界，在那里她成为永青草地的冥后——珀耳塞福涅。²

在艺术作品中，人们经常看到缪斯女神们常常赤脚出现在帕耳那索斯山[2]中的草地上。田园诗与牧歌中赞颂的阿卡迪亚的白色宁芙与水、森林甚至是草地都有着密切的联系。在维吉尔第二首牧歌中，牧人柯瑞东呼唤着阿荔吉：

> 快来，美丽的孩子……

---

[1] 哈迪斯（Hadès），希腊神话中统治冥界的神，也就是冥王，对应于罗马神话的普路托（拉丁语：Plūtō）。他是克罗诺斯和瑞亚的儿子，宙斯的哥哥。科瑞（Kore）即少女的意思。
[2] 在希腊神话中，帕耳那索斯山（Parnassus）是一座神山，是太阳神阿波罗和缪斯女神居住的地方。

> 那伊阿得斯[1]为你摘下淡色的堇菜
>
> 水仙和芳香的茴香。
>
> 她搭配着芳草的颜色,
>
> 将它们扎成一束柔草。[3]

要想举出古代种种事例来说明草丛中女性的吸引力,那就太冗长了。自14世纪以来,最引人注目的当属换喻修辞的运用。当女性踩在草地上时,其裸露的双脚往往会激起男人的欲望,从彼特拉克[2]的《歌集》到前拉斐尔派[3]画作都体现了这点。我们是否应该从文学作品和画作中将裸露的双脚视为贞洁魅力的象征?这可能有些过度阐释,因为(我私以为)这可能与中世纪骑士文学有关,双脚几乎是保持完璧之身的女性唯一可以裸露的部位。

奥卡辛[4]在回忆有着姣好身材和洁白肌肤的尼克莱特时,不禁惊呼道:"面容清秀的温柔朋友!"这种典雅的措辞既符合行

---

[1] 伊阿得斯(Naïade),宁芙是希腊神话中体现自然现象与自然力的女性精灵,分为很多种,而伊阿得斯就是其中象征江河、湖泊、溪流、山泉乃至井水的仙女,又称水泉女神。
[2] 彼特拉克(Pétrarque,1304—1374),意大利文艺复兴时期杰出的诗人、人文主义先驱、文艺复兴运动的元勋。他以其十四行诗著称于世,为欧洲抒情诗的发展开辟了道路。《歌集》(*Canzoniere*)是作者用意大利文写成的366首抒情诗,对欧洲诗歌产生了巨大而持久的影响。
[3] 前拉斐尔派是1848年在英国兴起的美术改革运动。目的是为了改变当时的艺术潮流,反对那些在米开朗琪罗和拉斐尔的时代后偏向了机械论的风格主义画家,转而模仿拉斐尔之前的艺术风格。
[4] 选自《奥卡辛与尼克莱特》(*Aucassin et Nicolette*),这是12世纪末的一部法国文学作品,讲述了男女主人公历经千难万险最终走到一起的故事。

吟诗人的诗歌，也暗指女人的细腰、小而硬的双乳、金色鬈曲的秀发。在这部吟唱作品[1]中，尼克莱特的腿和脚让人惊艳，这也是之后彼特拉克作品中备受称赞的事物。当尼克莱特卷起裙摆露出大腿时，身患重病的利穆赞朝圣者一看见她的双腿，便痊愈了。在我们看来最重要的是，这里就使用了换喻，女主尼克莱特的白色双脚成为她美丽的象征。走路时，脚趾会折断雏菊；和她的腿相比，尤其是和她的脚相比，这些花则显得黯淡不少，因为她的双脚是那么白皙。[4]

但丁没有明确地提到脚的裸露，但一切都暗示了这一点。他在《炼狱》第二十八首诗中这样描述眼前出现的女人：她（独自一人）"边走边唱，还采着开满道路的花朵"。她像跳舞的女人一般在地上旋转，"双脚并拢，紧绷……迈着细碎的步伐"。在黄色与朱红色的花丛中，她转向了诗人，"如同处女一样，她低垂着充满纯真的双眼……"[5] 我必须得引述这段女性出现的场景，因为《神曲》已经深深渗透在众多诗人们的灵魂中了。

再次强调，彼特拉克诗歌的最大特色就是对草地上光脚女人的痴迷。据统计，《歌集》中被双脚踩着的草丛至少出现了 38 次，其中 16 次都是十分重要的，所以我们有必要试举几例。事实上在这本歌集中，最主要的就是劳拉夫人的行走以及让草地变得美好

---

[1] 吟唱作品（Chantefable）是一种法国的中世纪文学体裁，文中穿插着散文（叙述）与诗歌（吟唱），被戴望舒称为法国的弹词。

的脚印。在劳拉夫人走过的地方，彼特拉克对草说道："你很清楚，从未有过这样一只美丽的脚踏在这片土地上，它比之前已经在你上面留下足迹的双脚都要美丽……我采摘的所有花草，我想它们的根都扎在她曾经走过的土地里。"[6]

回想起劳拉夫人在草地上的姿态，他写道："从那时起，我非常喜欢这片草地，我在别的地方都无法休憩。"[7] 在第162首十四行诗中，他表达了对劳拉夫人所宠幸事物的嫉妒之情："欢乐的花朵，幸福又生而富贵的绿草，夫人总会从它们身上经过；原野听着她的甜言蜜语，留下她美丽的足印。"[8]

彼特拉克总结了劳拉夫人吸引他的优雅之处："当美丽的白色双脚穿过鲜嫩的草地，迈着迷人而纯洁的步伐时，当柔软的脚底触碰到土地时，它们似乎能使周围的花朵重生与绽放。"[9] 草地中女人的出现产生了情愫，草地渴望劳拉的双脚，劳拉的脚会再一次使它幸福。"绿草与千姿百色的花朵散落在古老黑色的冬青栎下，它们祈求着美丽的脚能抚摸着它们。"[10]

在他漫步的过程中，诗人的心"现在飞走了，数着那些留下了美丽脚印以及被我的眼泪浇灌过的所有草地"[11]。从他十分关注的绿草之中我们可以读到彼特拉克的爱情故事。至爱之人死后，在返回沃克吕兹的途中，他写道："草形单影只，海浪不再纯澈。"[12] 悲伤之中，这段记忆依然存在，回忆让诗人在梦中看到劳拉"穿过鲜花盛开的草地，行走中沉思着"[13]。

我们有必要把注意力集中在草地上的劳拉的双脚,因为要知道,在几个世纪以来,《歌集》一直是挽歌体诗歌的典范。在此两个世纪后,桑纳扎罗笔下描绘了"彼特拉克式"的阿卡迪亚,在第四首牧歌中,他提到了一个女子,她走在一条"美丽的道路"上:"她亭亭玉立,腰身纤细,走在美丽的草地上,她用白皙的手采摘着娇嫩的花朵……"[14]

龙沙曾称,女人光着脚在草地与花丛中行走让他着迷不已。在其诗集《情歌集》《颂歌集》和《挽歌集》中,水泽仙女那伊阿得斯行走在鲜花盛开的草地上的主题时有出现。有时龙沙的笔触还像是"彼特拉克",这位令他着迷的爱人:

她在某处游走

她脚下的大地变得五彩斑斓

在《牧人佩罗的田园诗》中,龙沙在描绘夜晚时写道:

众多温柔的宁芙与美丽的仙女

一位头发蓬乱,一位头发卷曲

她们和森林精灵[1]在此可以待上一晚

---

[1] 这里指的就是西尔瓦努斯,负责看护林木、作物和牧群,并使其多产。

脚踏绿草，伴着流水潺潺[15]

半个世纪之后，德·斯居黛里夫人在其作品《阿塔门勒或赛勒斯大帝》[1]中同样涉及了这一主题，这部小说在当时广受好评。在寻找曼达娜的途中，赛勒斯看到一个女人半躺在草地中央，这一场景激起了他心中"非凡的情感"。不幸的是，一股无法逾越的湍流将他与他所谓的"幻影"或"梦境"分开。第二天，他发现了一处浅滩，随后便来到了之前见到那个女人的地方。绿草中的脚印起着指引赛勒斯行动的重要作用。他确实"看到这地方的草上留有脚印，应该是有人曾经在这里坐着休息过，甚至在这片草地上还出现了一条新开辟的小径；因为在别的地方，人们可以看到夏夜露水映衬下的所有花草显得格外清新迷人，但是在这个地方，花花草草却半弯着腰，很明显是有人经过。这一点毋庸置疑。"看到这一幕，赛勒斯"觉得自己已经疯狂了"[16]。他沿这条小径走着，但夜幕降临。然后他记起了一个梦，梦中他在草地上看见了曼达娜，不久曼达娜又消失了。他对此惊讶不已，自己的灵魂也陷入了痛苦之中。

---

[1] 德·斯居黛里夫人（Madeleine de Scudéry，1607—1701），法国女作家，著有《阿塔门勒或赛勒斯大帝》（*Artamène ou le Grand Cyrus*），共十卷，是法国文学史上最长的小说，全书有 200 多万字。它以当代社会人物的肖像为特色，从罗马、希腊或波斯神话中汲取灵感。当时的读者很喜欢这类小说，因为从中得以一窥重要社会人物的生活。赛勒斯大帝是公元前 6 世纪波斯帝国的缔造者和统治者。

对这一段进行阐释是很困难的。梦境和现实中,都出现了自己心爱的女人坐在鲜花盛开的草地上,清新的露水,草地上留下的脚印,以及踩出的一条小路等场景。无论如何,在引起赛勒斯的灵魂极度激动的这一场景中,如茵的草原留下了曼达娜的足迹,这片草地也符合我们之前的言论:看到在草地上的女人和她在清新草地中留下的足迹时所引起的激动之情。

18世纪(1783)约瑟夫-马里·洛伊塞尔·德·特雷奥盖特[1]在小说《多尔布勒斯》中描述了心爱之人死后,对她掩在绿草中的双脚的回忆是如何引起他感官上的记忆复现。多尔布勒斯满怀深情地"走在她曾踩过的沙地与草地之上,她的迷人的魅力曾让草丛纷纷弯下腰"17。

浪漫主义作家并没有断绝与草地上赤脚女人魅力的联系,它以一种惊人的方式回到了拉马丁的作品中。在拉马丁题为《哲学》的诗中,他一直在向启发他灵感的女神致意。他对她说,他想"做着梦,从一个草原到另一个草原追寻着你的脚步"18。在一首名为《爱之歌》的诗中,拉马丁对他的情人说:

你脚下的草地

---

[1] 约瑟夫-马里·洛伊塞尔·德·特雷奥盖特(Joseph-Marie Loaisel de Tréogate,1752—1812),法国小说家与剧作家。1783年发表了《多尔布勒斯》(*Dolbreuse*),该小说受到卢梭的影响,把道德上的清教主义与反贵族的意识形态结合起来,歌颂了回归美德和乡土的质朴。

> 与花蕾是多么幸福
> 你指尖下的花蕾展露清新的颜色！[19]

此外，诗人还赞美了女人在草地上轻盈的脚步，他提到了一位年轻女子：

> 高贵而轻盈，她嬉戏着
> 脚下的草
> 在纤纤玉足之下
> 弯着腰，但并未破碎！[21]

约瑟兰遇见了一处田园风景：牧羊男女之间产生了一种"天然之爱"。拉马丁在诗中列举点缀这景色的花卉后，开始赞颂他情人赤裸的双脚是多么洁白：

> 白色大理石般的双脚在绿草上闪耀。[21]

雪莱在诗歌《含羞草》中提到了他与玛蒂尔德的邂逅，他写道："她的双脚仿佛怜悯这被践踏的小草。"[22]

雨果也使用这一意象并不足为奇。在《静观集》的《晨曦》一诗中，他描绘了一个女人的慵懒姿态：

第十章　白色大理石般的双脚在绿草上闪耀（拉马丁）

她光着脚，头发凌乱
赤脚坐在弯曲的灯芯草丛中……

在诗人邀请她踏遍田野之后：

她在河岸的草地上擦拭着双脚。

在一首名为《爱》的诗中更明显地提到了伴随女性出现的草地上的脚：

金发黑眼；
正午时分，一枝穿着紧身胸衣的欢乐花朵，
阳光的照耀下，她经过；
佳人笑着前行，高傲而美丽；
她的小脚似乎在和草窃窃私语。[23]

马拉美在《花园里》一诗中也借鉴了传统田园诗风格：

年轻的女子在草坪上漫步
苹果与诱惑装扮的夏日，
当正午钟声敲过12点，

> 在这让她停下美丽脚步的丰饶土地中
>
> ……
>
> 这也是为什么深扎于土地的花朵
>
> 在沉默、智慧和神秘中爱着她
>
> 而在花心中纯洁的花粉却在思索。[24]

罗斯金在《芝麻与百合》中首先引用了丁尼生[1]在《莫德》中提到的一位女士走过的小路,丁尼生写道,"她的脚触到了草地,而雏菊则涨红了脸"。罗斯金就该主题继续说道:"仅描写女性不会破坏她所踏足的地方是远远不够的。她必须让它们重生:当她走过时,风铃草应该盛开而不是低垂着头。"[25]

现在暂时将换喻、如白色大理石的双脚的诱惑及其轻盈放置一边,我们来探讨一下草地上女人的身影。这种身影会让人感觉像是幻影,尤其是在女性被掩盖在及膝的草地之中,裙子还在随风摆动时。让-皮埃尔·理查德在评论雅克·莱达的作品时,就这一点强调称草地是"女性现身"之地,"地面上会产生爱的魔法";他将这部作品称作"草之牧歌"[26]。植物随风舞动,它们以其优美的环舞[2],将这牧歌传遍了广阔的大地。

---

[1] 丁尼生(Tennyson, 1809—1892),维多利亚时期代表诗人,主要作品有诗集《悼念集》、独白诗剧《莫德》、长诗《国王叙事诗》等,是华兹华斯之后的英国桂冠诗人。
[2] 这里是指植物随风舞动,草的起伏迅速将这牧歌的诗意与爱情传播开。

第十章　白色大理石般的双脚在绿草上闪耀（拉马丁）

历史上的波旁（行省）[1]流传的传说使人们相信仙女们是会"带走露水的"，她们会像过去田园牧歌中的缪斯和宁芙那样，穿着飘逸的长裙，在草地上行走，用裙子带走植物的甘露；因此便有了"rousiner"这个词，意思是除去露水。27

约翰·济慈就写过有关传统草原牧歌和仙境的诗句：

我眼前的草地上出现了
一位美丽的女士，如同仙女的孩子，
长长的头发，轻快的步伐，
还有一双狂野的眼睛。28

勒贡特·德·利勒是位满腹诗意之人，自然也不会错过对"女性显现"在草原上的描写。《古诗》中的许多诗作都有涉及，要全部引用那就太过乏味，现在来看看在《塞斯提丽[2]》一诗中的田园场景：

灯芯草丛的尽头，山林水泽的宁芙，
湿漉漉的胸脯，全身花朵满布，

---

[1] 波旁（Bourbonnais），法国中部一个历史上曾存在的省，省会是穆兰，波旁王朝起源于此。
[2] 塞斯提丽（Thestylis），维吉尔《牧歌集》中的一位牧女的名字。

她们手臂交叉，在草原上跳舞。[29]

兰波在其青年作品《杜埃诗集》中对美丽女性脚下盛开的花朵也进行了描绘：

17 岁！你会幸福的！
哦！广袤的草原！
多情的乡野！
—（你）告诉我：靠近点……！[30]

说明草和青春魅力之间联系的又一例证：和兰波同一时期的瓦格纳[1]笔下的帕西法尔就曾被花卉少女所引诱，这些花卉少女可能与上述所有的选段以及当时的时代背景有关联。当时的前拉斐尔派艺术家，尤其是约翰·沃特豪斯[2]，他们的作品准确地诠释了赤脚和草地上女性形象的魅力。

---

[1] 瓦格纳（Wilhelm Richard Wagner, 1813—1883），德国作曲家、戏剧导演、辩论家。他的作品，尤其是后期的作品，以其复杂的结构、丰富的和声和管弦乐，以及对主旋律的精心运用而闻名。《帕西法尔》（*Parsifal*）是瓦格纳的最后一部作品。男主人公帕西法尔原来是个傻里傻气的凡人，通过各种严峻的考验，经历了许多苦难，最终成为圣杯骑士。整个剧情和基督教关于圣杯的传说有关，一些场景具有宗教仪式或象征的意义。在第二幕中，克林莎用魔法变出了一座花园，花卉少女们围着帕西法尔起舞。
[2] 约翰·沃特豪斯（John William Waterhouse, 1849—1917），英国画家。他的作品以描绘古希腊神话和亚瑟王传说中的女性而闻名。

第十章　白色大理石般的双脚在绿草上闪耀（拉马丁）

作为草地上的女性幻影部分的结尾，最后让我们来看看保罗·加登的文字，之前我们就已经引用过他的《西罗亚》。主人公西蒙在阳台上凝视着这片光彩照人的草地，这时他看到了"一个曼妙的身姿……西蒙远远可以看到一条裙子在高高的草丛中轻轻晃动。绿草热情、有活力、柔滑、纤细；当我们路过时，它们在你的腿边缠绕，甚至抚摸你的双手……妙龄少女渐渐靠近"。阳光"穿过她，她便像一个透明的物体，只留下一个发光的轮廓表明她的存在"。阿丽亚娜每天都这样出现，"她在草原的深处现身，上方的草原卷起它缀满花草的大衣将其包裹"。在西蒙眼中，阿丽亚娜的出现就像是"沉浸与消散在草原之中的无形气息"[31]。

草中的爱情漫步紧随着女子的现身及其所引发的幻梦而出现，并与其相得益彰，没有半点情欲的掺杂。让我们再来看看在田园诗中几个对于在草中行走的描述。

雨果多次提及爱情漫步，给人留下了不可磨灭的印象。在《静观集》中，他描写了一对恋人的欢乐，"金星一亮，他们俩走在/微风吹拂的草地上"[32]。在《悲惨世界》的"可怜的野生花园"中，杂草丛生，没有任何事物能够阻碍生命的神圣力量。珂赛特和马吕斯藏在"日渐芬芳馥郁"[33]灌木丛中，他们之间纯朴的爱情就在此地萌发。

莫泊桑在短篇小说《父亲》中描述的场景尽管更像是郊游，而不是从浪漫主义传统中沿袭下来的田园爱情牧歌，但它与我们的主题有关。在这篇小说中,他描绘了在塞纳河畔的迈松拉菲特的一次爱情漫步:"温和的空气抚慰着肉体和灵魂。太阳倒映在河流、树叶和草坪上,在身体与心灵中反射出万般欢乐光芒。"幸福洋溢。午饭过后,路易斯"采摘着雏菊,而他在高声歌唱,沉浸在快乐之中,就像一只刚被人带到草地上的小马"[34]。

在考珀·波伊斯的许多小说中,自然环境和草地与爱情都紧密联系在一起。沃尔夫·索朗特最初和格尔达在乡间散步时,就被一种"神秘的恐惧""抓"住了。

> 在他身边新出现的神秘女性改变着周围的一切,她的美貌只是外在的。她为这迷人散步的最细微之处增添了几分情趣,他们两人正沉迷于散步中,一同穿过苍翠的田野。小小的鼹鼠丘、野酸模幼嫩的红叶、牛粪和一簇簇暗绿色的灯芯草不尽相同……如果说灰蒙的天空与绿色的大地更点亮了他眼中少女的纯洁之美,那么在春天的暮色里,她的天性此时似乎将所有圣洁之美集于一身……雨暂时停了,在这寒冷的地面上,他们手拉着手,在雾蒙蒙的天空和雨水漫漫的草地间前进。他感觉他们是地球上唯一幸存的人类。

我们之前就提到在娶了格尔达之后,沃尔夫·索朗特被克里斯蒂身上不那么张扬却更微妙的魅力深深吸引。她"将自己关于

第十章　白色大理石般的双脚在绿草上闪耀（拉马丁）

少女灵魂奥秘的所有浮想四处采集于一身，如同山谷绿野上的报春花。这些报春花对她来说比什么都珍贵"[35]。

第十一章 草地，『欢愉』之地

在这炎热的日子中，我想投入你的怀抱
躺在橡树下，周围的小草
为我们铺就百花争妍的丽床
我们可以躺在树荫下乘凉

雨果觉察到"在绿草中有一种对爱的巨大冲动"[1];左拉认为草地本身就是"生机无限"的场所,他笔下的帕拉杜也因此成了"偷欢"[2]之地。在草地上的享受伴随着情色的动作与特定的情感,我们将看到几位小说家在想象或亲身经历后,竭力将其认真叙述出来。

首先,看到草地上的女人,尤其是在草地上赤身裸体的女人,会加剧男性的欲望,因为绿草地毯不同于普通的床。与大地的亲近、肌肤与清新之草的直接接触、赤裸身体上耀眼的阳光、从绿意之中浮现的微妙声音景观、自由欢愉的喊叫声,这些构筑了一个前所未有的场景。乌尔里希将半裸的克拉丽斯推到沙发上让其献身,穆齐尔写道:"仿佛她就躺在草地上。"[3]写这段文字时,穆齐尔强调了这种想象姿态所唤起的强烈兴奋。吉塞勒·戴斯托克在给情人莫泊桑的信中写道:

> 我总是幻想着夏日的一天,在乡间与你共赴巫山云雨。我们躺在高高的草丛里,闻着泥土的芬芳,听着昆虫的鸣叫。我们会感到与太阳、大地和风融为一体。我却总是无缘结识能理解我欲望的人。但居伊(莫泊桑),你这位真正的法翁不愿意和我一起感受吗?难道你不知道我是你"被压抑"欲望的姐妹吗?[4]

对于这位爱写信的吉塞勒来说,用潘神所居住的阿卡迪亚进行暗示并不令人惊讶,此外她还写自己不相信爱情并且"从不委身,(而只是)享受"。她补充道:"我一直讨厌像其他人那样在房间里以及床上做爱。我觉得这太过平庸并且过于资产阶级,在这些地方,我不得不压制能进一步增加我欢乐的娇喘。"

在户外献身于男子,在阳光下的草地或是高高的草丛里观察男人的勃起,这会创造一种与自然的亲密、结合甚至是融合之感,还会给人带来非同一般的欲望和享受。更不用说有围观者闯入或者动物经过身边的风险所带来的刺激感,如山地草原上的土拨鼠。与在房间里享受的快乐相比,白天直射的阳光、对另一半更清晰的视野、背部或膝盖与绿草的接触给人以截然不同的情感体验。让·季奥诺在《再生草》中就曾想象过女主人公阿苏尔欲火焚身的场面。当庞图尔发现她"坐在他旁边的草地上"时,阿苏尔已是饥渴难耐。"他赤身裸体躺在草丛中;他说:草是热的,快摸摸……她触摸着他身旁的草地,说,是的。"庞图尔对阿苏尔说他并不冷,而且这里的绿草足够茂盛。"阿苏尔看着他赤身裸体躺在草地上,他身体的一侧沐浴着月光……草地上,阿苏尔像一捆干草躺倒在他的臂膀中。"但在这片绿意之中,庞图尔却没有回应阿苏尔的欲念,他说:"来,我们回家吧。"[5]

对于在 19 世纪以及 20 世纪的这些文本中所想象出的草地之欢,其起源其实较为复杂。首先,我们之前已经读过了,就是潘神在森林和草地上与嬉戏的仙女们交合，这些仙女们个个都洁白无瑕，让潘神难以抗拒。龙沙也遵循了这个传统，想象着一个牧羊人一边唱歌一边数着他的羊群：

> 然后在这炎热的日子中，我想投入你的怀抱
> 躺在橡树下，周围的小草
> 为我们铺就百花争妍的丽床
> 我们可以躺在树荫下乘凉[6]

三个世纪之后，雨果也效仿了古时的田园诗。他在游记中这样描述莱茵河畔的宾根镇："这里的大自然笑起来就像一个赤身躺在草地上的美丽宁芙。"[7]

> 如果我拥有……
> 你们艳阳下的草地，哀怨的小蟋蟀；
> 我知道我想把谁藏在我的枝叶下，
> 和谁一起在潮湿的草地中摇曳
> 夜晚从其指尖倾泻的珍珠
>
> 和谁……正午睡在温暖的林间空地上，
> 你也知道的，灵巧眼眸里的伊人。[8]

这一节选自波德莱尔的诗,我们也同样可以发现类似的想象场景,只是没有那么明显。同时,正如我们所知,马拉美则是直接借用潘神的形象[1],是潘神让自然界充满了爱。[9]

草地之欢的第二个来源和牧神并无太大关系。弥尔顿《失乐园》中的亚当和夏娃便回忆起了在伊甸园中的"幸福回廊"的时光。月桂树与香桃木投下荫凉;地上开着"香堇、番红花和风信子。在这幽居之中,婚后的夏娃第一次用鲜花、藤叶和香甜的绿草装饰了她的婚床,天上的唱诗班唱起了祝婚歌"[10]。之后又响起了赞美夫妻之爱的夜曲。

另外一个例子可能不那么直观,但那些畅想或是体验过草地上强烈的欲望和愉悦之人的脑海中仍会出现——18世纪情色小说中纵欲的绿草地。之前曾提及的维旺·德农作品《没有明天》中的草椅就是斜坡激情的序曲,随后两位主人公在斜坡上尽情享受。

在罗丝-玛丽·拉格拉弗[2]看来,20世纪上半叶,在乡村小说作家的眼中,收割草料就像是性游行。她称大地就像是处于发情期,欲火难耐,散发出"强烈的气味"[11]。这一切打破了男女之间的禁忌。草、干草以及稻草的芳香鼓励着女孩们,让她们渴望被爱抚,甚至献身于户外。

---

[1] 此处指法国诗人马拉美的诗歌《牧神的午后》,描述了古罗马神话中潘神刚从午睡中苏醒过来的感官体验,他以梦幻般的独白详述早晨与几名宁芙相遇的经过。
[2] 罗丝-玛丽·拉格拉弗(Rose-Marie Lagrave),就职于法国社会科学高等研究院,研究了许多女性话题。

让我们来谈谈草中结合的浪漫描写吧，六种不同的关注角度将佐证这种行为所引起的丰富情感。这些更加现代的作品展示了详细而多样的想象情节，要理解为什么都是现代作品中才有类似的描写，我们必须知晓一直持续到法兰西第三共和国成立初期的审查制度。

在《穆雷神甫的过错》中，左拉也遵循了《创世记》的伊甸园形式。我们之前便看到，在草地上的长途跋涉之后，两人便在这片草地中结合，或者也可说是犯错。草最初带来的是田园诗般的纯贞感，为后文两性的结合做铺垫。这是第一阶段——在草中的迷醉。

这时，伊甸园的典故与彼特拉克的诗歌相结合：在他们散步的过程中，阿尔比娜在年轻的神甫前面踩着草地。草中的双脚和赤裸的双腿为后文两人的结合埋下了伏笔。当时的一切，"甚至是草叶，都令（赛尔日）心醉神迷"。左拉写道："这是性之前的爱。他们脚下这片狭窄草坪如同摇篮一般天真烂漫。"我们可能会忍不住加上一句：就像是《失乐园》中亚当与夏娃脚下的草坪。但是赛尔日灵魂中的欲火却越烧越烈。当他再次起身的那一刻，"他把脸埋进了还留有阿尔比娜肉体余温的草地里"。草象征着欲望的上升，就像在人间天堂，诱惑之树最终取代了草的位置。简单来说，在肉体结合时，"草发出了一声沉醉的呜咽"。

犯错之后，紧随其后的是迷人的阿尔比娜对纯洁的草地小径的回忆。但在赛尔日的眼里,从那时起,躺在这草中的人便会染上麻风病。左拉便对神甫的内心幻觉做了详细的描写:高高的草丛变得尤为可怕,带刺的邪恶植物一直长到了他的教堂门口,这使神甫恐惧万分;植物呼应并预示着可怕之树似乎已侵入建筑内部的幻觉。在阿尔比娜和赛尔日最后一次散步途中,之前吸引着他的高高草丛如今就像是"无数瘦弱的手臂,它们似乎想要缠住他,将他卷起并淹死在这无边无际的绿色海洋中……"赛尔日浑身颤抖,他"感到他的脚尖浸湿了,并消失在草丛中"[12]。因此,在这部小说中,草既是纯真的象征,又是阴险的诱惑者,是牧歌的发生地,是过错的旁观者,是惩罚的象征。此外,在草和树之间还存在一种微妙的默契[1]。

相较于左拉这种引经据典[2]的叙述,让·季奥诺则选择了叙述田野中由自然特别是绿草自发引起的欲望和激情。因此在《再生草》中,人物角色几乎总是在草丛中做爱,草可以使人产生一种动物的欲望,而同时溪流本身也是绿色的。在《人世之歌》中,安东尼奥和克拉拉两人结合的场景被巧妙地安排在小说的结尾。晚间,他们两人手拉着手,"躺在山顶卷曲的草上"。已经当了妈妈的克拉拉提起了她的过往;安东尼奥"松开手,摸了摸那张他

---

[1] 草地是激起男女主人公之间欲望的场所,而树木则是两人交欢的见证者。
[2] 左拉这部小说中到处都体现着《圣经》以及伊甸园的影子,而让·季奥诺则直接描写绿草。

再也看不清的脸。他在草丛中靠近她,用双臂搂住她"。接下来是《人世之歌》的最后一句话:安东尼奥"想象他把她搂在怀里,和她一起躺卧在大地之上"[13]。

保罗·加登则借由他人之口来感受并吐露西蒙所体会到的,每日在草地上交欢的欣喜。在他眼里,阿丽亚娜不再是一个仙女了。"这是一位他认识其肉体的女人。"阿丽亚娜每天都会出现,他就躺在她旁边。"她躺在西蒙旁边的草地上,并且一下就吸收了从早晨以来地上所积蓄的热量。"阿丽亚娜"像一个幸福的女人,将她所有的重量压在了地上!她的双乳、肚皮还有她的双膝温柔地挤压着这一年中最脆弱、最娇嫩的花朵……然后,她把目光转向了自己,在离她有一根手指那么近,近得几乎令人难以置信的地方,她看见一个男人的手在草丛中无所适从"。"他把她抱住;这是他们爱的激情。"这种爱就如同西蒙后来所说的那样,他们最好就这样待"在这片小草地上,在此我们是如此的幸福"。"我们将会完成我们的使命。"[14]

对激情的描述还在继续。保罗·加登接着描述了阿丽亚娜滚向了躺在她身边的西蒙:"她很快就把头埋在草丛中,她的额头、眼睛、嘴和牙齿与草亲密接触。她和西蒙身体之间的空隙已被她散乱的头发所覆盖。"西蒙感到了身边阿丽亚娜的温度。"现在轮到他仰面躺下,他抓住她的双肩,把她举起来,现在他承受的是一个女人在男人之上的绝妙重量";两人的重量"将他们与大地联通,就在这良辰美景之中,阿丽亚娜低着头,用牙齿撕咬着阳光下温热的小草"。西蒙顿时感觉到"整个人类都融聚在他们二人之中"。后面接着写道,西蒙认为他们的结合是一种圣礼,"在他们灵魂和身体的每一次结合之后,他感到自己如同来到福乐之地"[15]。

如果我们知道保罗·加登的言辞是在赞美与大地的接触和与大自然的融合,那么我们会发现他的这部小说中,草的地位非常高。这些描述是写在雪崩前夕,故事翻过几页后,雪崩吞噬了阿丽亚娜的身体。

在林园看守人的小木屋里交媾会激起另一番的情感。众所周知,这里不只是爱的惊喜,更多的是揭示一位贵族女士与一位生活在树林里的壮硕男子所体验到的欢愉。《查泰莱夫人的情人》[1]中的男女主人公并不是直接在草地上干柴烈火,因此这里的绿草不像之前读到的保罗·加登小说中的草那么强硬。但是小径上的小花和一些细嫩的绿草仍旧揭示了两人的迷醉与狂热。让我们来看看劳伦斯是如何描述两人的爱抚与用花朵纹饰身体的场面。

在两人交谈甚久后,"万籁俱寂。康斯坦斯倚在情夫的肚子上,三心二意地听着。在金色的腹部毛发中,她编织着来小屋时采摘的勿忘草",这个行为就这样一直在他们的幽会中不断重复。

---

[1]《查泰莱夫人的情人》是英国作家劳伦斯创作的最后一部长篇小说,首次出版于1928年。正如劳伦斯的其他小说一样,这部小说一个关键的主题是自然的生命力与采矿和工业主义的机械化单调之间的对比。

在另一次结合中，守林人"静静地用编织了几枝勿忘草放在她私处美丽的密林中。他说，这里才是勿忘草该长的地方"。康斯坦斯"在他私处上方的金色密林处扎了两朵粉色蝴蝶花。她说，美呀！美呀！约翰爵士！她又在他胸前黑色的毛丛里放了一枝勿忘草"。

守林人到树林里去了一会儿，然后双手捧着鲜花跑回来。"他把满是绒毛的橡树幼枝绑在康斯坦斯的胸脯上，它们和一簇簇的风铃草以及蝴蝶花交织在一起；他把一朵粉色的蝴蝶花放在她的肚脐上；在她的私处还有勿忘草和香车叶草。"在向康斯坦斯提婚时，约翰在身体的毛发上装点着花朵，用银扇草绕着自己的私处，然后用一朵风信子花装饰肚脐。接下来便是爱抚；最后，约翰亲吻了康斯坦斯的"胸脯、肚脐和私处的'密林'，把他之前编织的花留在那里"[16]。

在这部小说中劳伦斯想要强调的是"男性阳物、激烈以及本能的现实"[17]，而不是一种关系或一种大脑反应的结果。正如我们所见，小路上的花草在这里发挥着必不可少的作用[1]。多彩的植物将这两人结合在一起，展示了他们交欢的特点和他们象征性的婚姻。

在考珀·波伊斯笔下人物的性生活中，广阔的草原和青草更

---

[1] 因为花草就属于自然，是一种天然的物质，与上文人的本能反应相一致。

简单深入地渗透其中，一种与自然永恒融合的想法总是萦绕在他们脑海中。在小说《格拉斯顿伯里传奇》中，表亲玛丽和约翰两人发生了两次肉体的结合。有一次他们在宁静无风的草地中散步，这里的草的高度是其他地方的两倍，而且草绿得更有活力。约翰坐下来打开酒瓶。玛丽在草地上伸展四肢，接着默默爬向约翰，摘下他的帽子，远远扔在草地上。从巴黎回来的约翰对自己说："这里是英格兰。躺在寒冷的草地上，透过粗糙的织物感受她小小的胸部。"在那里，"新鲜的草和凤头麦鸡的叫声让女人的爱变成了激烈、浪漫而又坚忍的事物"。他惊喜地发现"这位女孩的内心和他是一样的"。"是的，这一喜悦与三月的风、寒冷、雨水和高大茂密的鲜草显得相得益彰。"约翰将玛丽压在身上，不过这次他最终又放开了玛丽。[18]

后来，在河边，他把玛丽的篮子放在地上。"碰巧，他的手触碰到了一簇薄荷，薄荷散发出一种难以置信的甜蜜香气。"从那时起，大地就将"男性与女性的情欲"串到了一起。一方的经验和另一方缺乏的经验正好相辅相成。"这一现象是由于两人神经中有某种说不出的相似之处。"他们"以一种完全和谐的方式相交"，体验着"鱼水之欢所带来的不同寻常的快乐"[19]。两人的风流之事发生在一棵树下的草地上，然后这对恋人乘船返回。

考珀·波伊斯的想象力在这两段节选中展露无遗：同一片土地上的过往将男女主人公的意识联系在一起，诺福克的自然风光将他们隐匿，当然诺福克的自然也将他们二人组成了和谐的一对。

　　克洛德·西蒙[1]的作品《草》中的拥抱则带有灰暗的基调：没有让人迷恋之处，没有和睦之感，也没有乡村或《圣经》中爱情的乐趣体验。话虽如此，他也再三强调了植物在女主人公命运中的重要性。在小说的三处场景中，草都预示、述说着并让人感受到一种慌乱不安。首先，露易丝"站立着，草，纤细的草舌，沿着她柔软的赤裸的腿徐缓地摇曳着；缓缓拂过的不是微风，而是温热的空气，高高的草，它们如蜘蛛网一般轻盈的头摆动着，大地上各式的绿色舌头灵活地舔着她的脚踝。她周围这种柔和的燥热逐渐平息下来"。那些既危险又灵活的绿草仿佛预示着最终结局的失望。

　　小说的结尾，在片刻占有露易丝后，他抽着烟，而露易丝"正躺在草地上，一动不动，像死了一样"，她逐渐意识到了"自己的重量，仿佛她脚下的土地复原了，逐渐恢复了它那粗糙坚硬的质感，她看到每一棵嵌在背上被压碎的草，仿佛她能看到（在她身体的突出部分、肩胛骨、腰部）浅色裙子上的黄绿色斑点，闻着植物那湿润又沁人心脾的芬芳，仿佛那香气不是从草中散发的，

---

[1] 克洛德·西蒙（Claude Simon，1913—2005），法国新小说派代表作家，1985年诺贝尔文学奖得主，代表作为《弗兰德公路》。西蒙的作品在主题和风格上都很有独创性，战争是其作品永恒的中心主题，他常在一部小说中对比不同个体在不同历史冲突中的经历；此外，他的许多小说都涉及家族史的概念，这些传说代代相传，在西蒙的作品中共同影响着主人公的生活。《草》是其1958年出版的小说。

而是从深处,甚至从大地的中心散发出来"。

接着,露易丝的感觉意识变得更清晰了,"她一动不动地躺在湿漉漉的、被踩踏的草地上(竖起耳朵、想着可以听到其脑袋周围的一切,仿佛是一种难以觉察的、微妙的低语,那一缕缕被压扁在地上的小草窸窣声,它们隐隐地、短促地抽动着,一根接一根地拔地而起),接着,香烟的红点从手里扔了出去……消失在灰色的草丛中"。露易丝"竖起耳朵,听着被压碎的草发出的细微而难以察觉的声音",随后男人对她说道:"你怎么回事?"[20]最后他开着车离去了。

在这一段叙述中,一切都是露易丝对这些坚硬、芬芳并且有着难以察觉的低语声的绿草的感知。她叙述了在夜晚潮湿黑暗中混乱不堪的情形,这与恋人的你情我愿相去甚远。

第十二章 死亡之草（拉马丁）

过不了多久……
清新的草地中央
也会有我白色的坟墓

草可以代表人乃世间匆匆过客的意象，博须埃[1]就曾多次使用这一意象。在 1670 年 8 月英格兰的亨莉雅妲公主的葬礼上，他发表了著名的演说，他写道："夫人的生命像田里的草一样从清晨走到了迟暮。清晨，绿草亭亭，你们知道，那是多么美丽高雅；到了晚上，只见其枯干萎靡。"¹ 这句话的灵感来源于《圣经·诗篇》第 102 章[2]，不过博须埃并不是当时唯一使用这一比喻的布道师。弗莱希耶[3]在谈道王公贵族时这样写道："他们的荣耀像草一样渐渐枯萎。"夏多布里昂² 随后在谈及自己的一生时也引用了这一意象："我像田野中的草一样枯萎了。"[4]

西方的死神就是一位拿着镰刀的人，因而死亡和草紧密联系并不令人意外。雨果也常常提到这一主题："在（死神）镰刀的利刃下，小草应声倒地。"（选自《东方诗篇》）。在其《静观集》的《致女儿的几句诗》[5]中，收割者的形象再次出现，它便是死亡的象征。在雨果眼中，那些长在坟墓上的草就是来自"阴间的草"，这也体现了其具有死亡的寓意。³

---

[1] 博须埃（Jacques-Bénigne Bossuet, 1627—1704），生于法国第戎，法国主教、神学家、作家，他被认为是法国历史上最伟大的演说家，也是路易十四宫廷中重要的朝臣和政治家。
[2]《诗篇》第 102 章写道：我的年日，如日影偏斜，我也如草枯干。
[3] 弗莱希耶（Valentin Esprit Fléchier, 1632—1710）是法国传教士和布道师，先后在拉沃尔和尼姆担任主教，被认为是 17 世纪最伟大的演说家之一。
[4] 这句话也被画在吉罗代的画作《阿塔拉的葬礼》上，岩石壁上刻着："我，如花凋零，如草枯萎。"阿塔拉是夏多布里昂 1801 年的小说《阿塔拉》的女主人公。
[5] 这是雨果《静观集》中诗歌，主要是写给自己女儿莱奥波尔迪娜的。此书原版所写为 Pauca Mae，但经译者查证，应写作 Pauca meæ，意思是为我亲爱的女儿留下的几句诗歌。

其他作家中也有许多人则着眼于重生,此时草就是与人类不可抗拒的死亡相对的象征。在马洛之后,龙沙在写给克劳德·德·洛布沙平[1]的墓志铭中提到:

> 为什么草地上的野草
> 干枯后又重生,
> 那当人踏进密闭的棺材之后,
> 会直入地下而不再转世吗?⁴

从另一方面来讲,草也是死去亡灵的伴侣。福楼拜认为它就是遗址废墟中体现诗意的重要元素,他在1846年8月26日写给路易斯·科莱特[2]的信中这样写道:

> 我特别喜欢那些长在废墟中的植物……生命替代了死亡,早已石化的头骨上长出了绿草;我们中的某人在石碑上刻下自己的梦想,而年年盛开在此石碑上的黄色野芥菜花,便体现着生命的永恒循环。⁵

罗斯金也和福楼拜有着同样的感受,他写道:

---

[1] 克劳德·德·洛布沙平(Claude de L'Aubespine),法国16世纪的一位国务秘书与外交官。
[2] 路易斯·科莱特(Louise Colet,1810—1876),19世纪法国诗人。

这些在废墟的狭缝中生长的野草,从各方面看,无一不具有一种美,几乎可以媲美这废墟上最完美的雕塑,有些甚至比它还要美。[6]

让-皮埃尔·理查德思索着到底是什么将草与某些作品联系起来,他在热门地点之一的废墟和长满顽固杂草的荒地前停下了脚步。他发现草与废墟显然是一伙的。荒草将需要隐藏的地方覆盖,"同时又让它在草的身上以某种方式述说并展现出来。草的价值在于抹去、忘却,但每到满阶芳草绿的时节,对被遗忘者的回忆又会浮上心头……覆盖在废墟上的青草变成了一块绿毯,在这里人们有了对死亡的深思"。散步者[7]自言道:"至少在这里,和柏拉图时期一样,废墟之上,芳草曾密……在世界之初,此地曾芳草萋萋。"

当野草侵蚀了路面,整座城市也会如废墟一般。雨果在游览德国沃尔姆斯时就感受到了这种"特别"的恐惧。在游历海德堡城堡遗址时,看着城堡中的寝室、凹室和壁炉,他写道:"感受着踩在脚下的草,仰头望着天空,甚是骇人。"在其他地方,雨果又写道:

(既然)上帝某时会赋予我们草原与清泉
但之后又将其从我们这夺走

那好吧！老屋、花园、树荫，忘掉我们吧！

荒草，侵蚀掉房屋的门槛！树莓，遮掩掉我们的足迹！[8]

我们之前还未提及被杂草渐渐覆盖的一些物品的死亡。弗朗索瓦·雷诺[1]将我们的视线移到了如今在乡村仍是司空见惯的一件事上：（对器械的）丢弃。这些被杂草掩盖的旧工具甚至是旧机器不仅向我们传达了那些操作工人的离世，也宣告了他们所掌握技能的消亡。[9]

草不仅仅生长在死亡之境——坟墓或是废墟，它本身也是一个陷阱。这也是为什么有那么多关于在草地中死亡的文学主题。起初，还是孩童的我走过树篱小树林中的河畔，绿草与深水相接总会使我产生一丝隐隐担忧。这种担忧来源于强烈的迷惑和可能的死亡。直到 20 世纪中叶，在乡下，绝望的男人们会上吊，而女人们常常会在四周长满青草的池塘或沼泽里溺水而亡。

关于这点，巴尔贝·多尔维利[2]在其小说《中魔女子》中表现得淋漓尽致。女主人公的自杀地就是在主妇们洗衣的池塘，平日里她们洗完衣服后就在旁边的草地上晾晒。在此，这个致命池

---

[1] 弗朗索瓦·雷诺（François Renaud），法国法官，1923 年出生于越南，1975 年被谋杀。
[2] 巴尔贝·多尔维利（Jules-Amédée Barbey d'Aurevilly，1808—1889），法国小说家。他的作品中多带有唯美主义和颓废色彩，小说主人公大多都是美丽、性感而危险的女性，致使男性深陷情欲而无法自拔。他专注于创作一些神秘的故事，探索其中隐藏的动机。此处讲的是他的小说《中魔女子》（*L'Ensorcelée*）。

塘染上了一片绿色，成了一个泛着绿光的陷阱，带着死亡的诱惑；就如同那位已婚神甫——松布勒瓦尔[1]屋旁的绿色陷阱，这位男主人公最后也是甘愿葬身在了这片"绿色的孤寂"之中。

随后一位牧羊人从池水中打捞出了这位中魔女人的尸体，但法律要求尸体必须曝晒在草坪里。不过，"那天可是难得的美丽夏日：池澈气清、草香幽郁。草地里的温度渐渐升高，让娜（中魔女人的名字）一动不动的尸体招来了许多飞虫，它们嗡嗡地飞到尸体旁。她那摊开的尸体还带着如同被摘下的花朵般的优雅"[10]。尽管在这个死亡场景中作者仅仅提到了草，但读者们却能在心中强烈地感受到一种矛盾的存在——死亡与青草联系在了一起。

正因平坦无比，草原也成了死亡之境。弗朗西斯·蓬热曾写道，大自然尽一己之力将草场打造成这样的地方；短暂的决斗之后，我们不是击败敌人，就是被敌人击败。菲利普·雅各泰称，在决斗时，草原会让我们勇于直面死亡，不过我们并不知道他说的这句话是否合理。

草原，这个发生自杀或突然死亡的地方，也可能成为意外死亡的地点。让·季奥诺的小说《再生草》中那位来自皮埃蒙特的老妇人[2]在乡下靠编篮子为生。平日里她把自己三岁的孩子放到

---

[1] 巴尔贝·多尔维利小说《已婚神甫》(*Un prêtre marié*) 的男主人公。
[2] 这里指的是让·季奥诺的小说《再生草》的一位女性角色——玛迈什大婶 (Mamèche)，小说讲述了一个村庄没落最终又重生的故事。玛迈什大婶是小说中的悲剧角色，小说开篇便交代了其丈夫和孩子先后死去。

袋里背着，又把他放到草地上，自己便开始歌唱。"她还给自己的孩子采一些小花来逗他玩。"有一天，她发现自己的孩子躺在草丛里，"浑身发黑，身体早已冰凉"。"看到孩子的手中还有几个枝条，大家终于知道原来他是误食了毒堇。孩子之前找到了一丛新鲜的毒堇。当时母亲正在唱歌，而他就在不远处玩耍。"[11]后来在这片悲伤之地，已经干枯的毒堇表明着孩子的死亡：就是这草杀死了这个小孩。

当该小说的另一位主人公庞图尔发现自己死去的母亲时，他把母亲背到了"一片草地上，这是整个地区唯一一块天然草地"，随后将母亲放到地上。他脱光了她的衣服，为她擦拭身体，接着再用布将尸体裹起来，最后葬在了这片草地之中。[12]

死亡之草的场景无疑会让人们想起战争中长眠于地下的战士。广阔的绿茵草地下埋葬了无数战死沙场的士兵，兰波的《幽谷睡者》就表现了这一场景，这是一首许多小学生们都耳熟能详的诗歌。雨果的作品能让人感受到对沙场之草的一种强烈恐惧。在《罪恶史》[1]中，他描绘了一个类似"桃花源"的安乐之地：鸟语花香、微风和煦、绿荫如盖，周边还有牛的哞哞声。简而言之，就像是传统田园诗中的风光。但最后雨果笔锋一转，此地变成了悲剧的

---

[1]《罪恶史》（*Histoire d'un crime*）是雨果 1877 年发表的小说，描写了 1851 年拥护共和体制的人对拿破仑三世发动政变称帝的抵抗。

发生地，一片惨状，这里便是色当[1]。

"这一莫名的绿色让人不寒而栗，它像是黑森林伸出来的魔爪，目之所及，绿色侵染了所有高地。""茂密的草原上繁花似锦。"这种邪恶的绿色可谓是一个可怕的陷阱。"一千五百匹马和一千五百名战士长眠于此"，因此才长出了如此"茂密的草"。在这个"恐怖"之地，到处都是长着"阴森植被"的小山丘，每座山丘"都代表一个为国捐躯的军团的坟墓"13。

墓地里茂密的草坪14是十分神圣的，要是有人在上面放牧便一定会引起众怒。尤其在英国，人们为此还要拔除长在草丛中的杂草。但福楼拜对此却有另外的感想。在1851年9月28日他写给路易斯·科莱特的信中，他提到了自己在伦敦海格特公墓[2]的见闻：

> 事实上，我更喜欢那些荒凉破败、凋敝不堪的墓地。那里满目荆棘、荒草没膝，几只从附近农场里溜出来的奶牛悠闲地在上面吃草。15

在小说《滞留》中，当男主人公雅克发现位于村庄教堂门旁

---

[1] 色当是法国的一个城镇，位于法国东北部。1870年发生了著名的色当战役，法国皇帝拿破仑三世被俘，进而导致法兰西第二帝国覆亡。
[2] 海格特公墓（Highgate Cemetery），位于英国伦敦北郊的海格特地区，分东西两个部分。该公墓于1839年对外开放，卡尔·马克思就长眠于此。

的荒废墓地时，于斯曼赋予了他一种捉摸不透的感受："墓地里杂草丛生，木质十字架早已腐朽发黑，而铁质的十字架则带着斑斑锈迹。"这个墓地是"百草争艳、枝叶扶疏"之地。"熊蜂蜷缩着身体，在花上嗡嗡地闹着，被压弯的花朵也随之摇摆；蝴蝶像是陶醉在风中一样翩翩起舞。"在"高高的草丛中"，雅克沿着一条通向教堂的无名小径前行。[16]

左拉在其小说《穆雷神甫的过错》中关于阿尔比娜葬礼的描写，激起的则是另一番情感：在墓园，"出殡行列走在草地上，脚下的小草发出的细微声响就像是它们在默默呜咽"。墓穴"在茂密的草丛中间，上午才挖好的洞口张大着嘴巴；墓边高高的草丛已经拔了一半，在一旁弯着身子……"[17]

左拉这部作品问世一个世纪之前，歌德在小说《亲和力》[1]中就提到，尽管堂区的居民都反对移走他们先人安葬地的墓碑，主人公夏洛特仍决意改造教堂的旧墓地。小说这一情节展示了人们对墓地品味的变化，这与花园以及对草的渴望两者的历史紧密相关。早先的墓碑都被移走并整齐放置在教堂的墙基旁，"剩下的地方都进行了平整。只保留了一条从教堂通往墓地小门的大道。在这条道路的两旁，人们种上了各式各样的三叶草，现在长得已是郁郁葱葱、花团锦簇了。新的墓葬将按照一定的顺序，从墓园最

---

[1] 歌德晚年发表的作品，出版于1809年，讲述了四位主人公之间的感情纠葛。

里面开始安排,但每次(下葬后),安葬地又会被重新平整并种上各式三叶草。"因此,呈现在牧师住宅门口的,不是"凌乱不堪的墓地,而是一片五颜六色的、斑驳陆离的草地"。[18]

时常被强调同时也是最恐怖的就是草与坟墓的紧密联系,在此,草要么被看作坟床,要么是裹尸布。1855年,美国的惠特曼就曾写道:"草就是坟墓未曾修剪的柔亮秀发。"他呼唤着草,询问它和尸骨是什么关系:

> 你或许是从年轻人的胸脯中长出
> 要是我曾了解他们,或许我会爱上他们
> 你或许来自老人或女人
> 亦或是来自过早离开母腹的婴儿
> 而你现在就是母腹
> 这棵草太过乌黑,不像是来自老母亲花白的头发
> 它比那老者褪色的胡子还要黑
> 也不像是从贫血发白的喉咙中长出的 [19]

拉马丁对着母亲坟头和坟前的圣洁草地哭泣,他愤怒:究其一生竟只为养肥这片"无耻的土壤":

> 母亲安息处的坟头草

要让它在我脚下,长大、长壮、变绿

一点点骨灰就够了呀![20]

在雨果《心声集》的《四月》这首诗歌中,作者对小草的看法则没有那么阴暗。他向路易·布朗热问道:

我们一起来思念这位美丽的姑娘

长眠在绿草之下,上方毛茛盛放、

(她)让母亲在寒冬答应她

为她准备一条四月的绿裙[21]

在畅想自己死后的居所时,人们总会流露出对青草的渴望。几个世纪以来,这一渴望不断被提及。龙沙在诗歌《论墓地的选择》中提到:

青草与潺潺的流水

周围的一切将它包围

一个绿草茵茵

一个波光粼粼

龙沙不仅希望今后绿意盎然,他还期望:

年年她的绿色坟墓

都能绿草如茵

此外，龙沙还提到了玛格丽特·德·瓦卢瓦[1]，她十分热爱柔嫩的小草、泉水与鲜花，他警告母羊：

别在这片草地上吃草

这里每棵草都是圣洁的

都属于德·瓦卢瓦仙女 22

两世纪之后，在维特[2]写给夏洛特最后的几封信中，维特便表达了想要死去的愿望并且邀请她之后去坟头探望他，"那里微风吹拂着高高的草丛，夕阳的辉光洒满草地……" 23

有一次，莫里斯·德·介朗的一位朋友拿着一根棍子在草地上直接画了一座坟墓，并说道："这里就是我想长眠的地方，不需要石碑，就放置一个简简单单的草椅就好。啊！我在这里一定会很开心！" 24 当莫里斯·德·介朗得知此事时，他十分激动，甚至有些惊恐。

---

[1] 玛格丽特·德·瓦卢瓦（Marguerite de Valois，1553—1615）又被称为玛戈皇后（la Reine Margot），亨利二世的女儿，大仲马《玛戈皇后》的女主人公。
[2] 这里提到的小说就是歌德发表于18世纪的《少年维特的烦恼》，男女主人公就是维特和夏洛特。

拉马丁在对故土米伊[1]的回忆诗篇中,也表达了同样的愿望:

请为我在原野上挖一个我向往的坟墓

……

请在我的头上种上一片绿茵地

在春天喂养村庄的羊羔

……

那里,我的骨灰,和我热爱的土地融合在一起

在我的精神之前获得重生

在绿茵中成长,在鲜花中盛放[25]

雨果在其《静观集》中也表达了同样的愿望,或者至少说是同样的梦想:

过不了多久……

清新的草地中央

也会有我白色的坟墓[26]

上文都在不断重复死后希望拥有一片绿地,比这一愿望更打

---

[1] Milly,法国东部勃艮第大区的索恩-卢瓦尔省的一个小镇,拉马丁童年在此度过。

动人的是墓畔小草的话语。拉马丁诗歌中常常会提到从棺材上方草坪中升起的祷告声。在《新沉思集》中，他就写到了一位濒临死亡的人想到死后的坟墓时自我安慰道：

在树荫与宁静的掩映下

祷告时常会从坟墓的草坪中升起[27]

不过在莫泊桑的眼中就不是这样了。莫泊桑评注者路易·福雷斯捷[1]时指出，草的存在并不是对永恒的承诺，更不是死后能够永生的保证。那些高高的坟头草之所以让人印象深刻，仅仅是因为它们长在了腐尸之上。在那匹无用的老马可可[2]死后，埋葬它的地方"多亏有了那具可怜马尸的滋养，青草茁壮生长，茂盛繁密，一片欣欣向荣"[28]。

在雨果的作品中，对于草，他的感情是强烈而又复杂的。我们之前也提过一些。当然还有一些其他情感，它们总是从一些简单却又深刻的话语中流露出来。在《光与影》中有这样一句：

在我们终将长眠于此的陵园里

---

[1] 路易·福雷斯捷（Louis Forestier），出生于1931年，法国文学教授，19世纪法国文学专家，莫泊桑的一些文集由他所编辑。
[2] 莫泊桑的小说《可可》（*Coco*）的主角。

他在后面加上了：

我，就是在此生活……
我在草坪里发出声音，逝者也会为此而高兴[29]

在为女儿莱奥波尔迪娜和她"墓前的冰冷草地"所作的《在维勒基耶》[1]一诗中，一种肝肠寸断的浓郁情感跃然纸上：

小草得生长，孩子得死亡[30]

冉·阿让的结局是悲惨的。其位于拉雪兹神父公墓的坟墓已被高高的杂草所掩盖，杂草是被遗忘的象征。雨果写道："草（将它）掩盖，雨（将其）抹去。"[31]

从另一个角度看，在诗歌《渺小之极》[2]中，草用同样的力度扮演着重要角色。草成了牧人与星星对话的主题，从而进入了天与人的交际中。将草与星辰结合，诗人惠特曼也在同一时期写过类似的诗句。他躺倒在草坪中，脑海中搜寻着简单的词描述它的形象：

---

[1] 雨果《静观集》的一首诗，维勒基耶是其女儿溺水的地方，她和其丈夫一同被葬在了这里的一座墓地中。
[2] 《静观集》中的诗歌，也是其中最长的诗篇。

> 哦，天上的星星们，我听见你们在那里窃窃私语了
> 哦，太阳……哦，坟墓上的草……
> 如果你们保持缄默，那我还能说些什么？

并进一步阐述：

> 我自甘献身泥土，只求爱草发芽
> 你若想要见我，请在脚下找寻我的踪迹[32]

事实上，就算和坟墓无关，草，作为对抗死亡的庇护所，也足以让人保存对逝者的记忆。莫里斯·德·介朗在写给自己死去的挚友玛丽[1]的诗中就表达了这样的强烈情感：

> 难道我再也嗅不到你那藏在草丛中的回忆的芬芳了吗？
> 再也听不到你那甜美的声音了吗？你的音韵宛在，正悄悄搅动着几朵默默无闻的花蕊。[33]

---

[1] 这里是指的玛丽·德拉莫尔沃耐（Marie de la Morvonnais）。

后 记

吉勒·克莱芒曾自问道:"草的命运现在到底如何?"这个问题的答案超出了本书的范围。在"动态花园"中有那么多的植物学家和园艺师照料、改造与修剪绿草,应该由他们告诉我们答案。

正如我们所见,当今草的命运就像是经过长期编织的线的尽头或延伸。[1] 抛开历史,在我看来,如今世上许多重大事件开始处于剑拔弩张的紧张状态。无论是在草的领域,还是在其他领域,那些被视为前瞻性的运动总会遇到惰性的挑战。此外,我们对草地和许多物体的感知,反映了这样一种转变——我们现在谈论的都是我们的"地球",而不是像 19 世纪那样谈论我们的"土地"。

一些重要的背景事件影响着草的历史,特别是孩子和草地世界之间本质上的脱节——诚然,这种脱节并不普遍。这一脱节颠

---

[1] 与草有关的事物或情感要么在历史的长河中消失了,要么仍然流传至今。

覆了情感的历史，破坏了人们的怀旧情绪。总而言之，代际间的鸿沟已经形成，并且还越拉越大。旧农业基础的解体使人们在草地上的感官体验变得罕见，它让人们忘记了草地上的一系列行为，比如孩子们在倾斜的草地上打滚，或者在高高的草丛中拥抱恋人。

对于疯长的野草乃至杂草的看法也改变了。不过早在18世纪，人们对修剪齐整的草的欣赏和对这种"杂草"的赞美之间就存在争议。因此，虽然现在我们仍能听到割草机的声音，不过在许多城市中那些"自然"花园正在成倍增加。

也许除了拉雪兹神父公墓外，没有任何地方能让游客见证变化前后的对比。在公墓入口，左边是"纪念花园"[1]，这里有修剪精致的草坪；而在右边则像是被遗弃的花园，杂草在那里自由生长。

在我看来，最基本的是对草的深切渴望，这是怀旧唤起的产物。现在流行夸耀人们不再进行除草的人行道、窗边以及屋顶的植被、高速公路两侧的"牧场"。这就像19世纪的人们去掉栅栏一样，当时巴黎的树木旁都是栅栏，后来人们多少还是欣喜地看到小片草地替代了这些栅栏。这些改变都让媒体欣喜，同时显示出人们渴望填补情感的缺失。

---

[1] 纪念花园（Jardin du souvenir），拉雪兹神父公墓是最早一批拥有纪念花园的公墓，此地为一块大草坪，经过火化后的逝者骨灰将会被撒在这里。如今有许多公墓都拥有这样的纪念花园。

曾造成许多伤害的土地合并如今也遭到了斥责，同时许多小树林也重新出现在了人们面前。以前的养路工人，他们带着镰刀，悉心修剪长在路旁的野草，带着对他们的思念，人们开始批评对草地养护的过度机械化；反对不利于人类健康的农药，从而让朵朵繁花重新伫立，这也间接使草地与草原恢复了色彩。徒步旅行如今越来越受到欢迎，人们重新感受到了福楼拜口中的乐趣。

　　诚然，大地艺术家更喜欢用石头、树木和广阔的水域进行创作，而不是草地。但我们要再次强调的是，园林建筑师不会如此。

　　我无意去预测小草的命运。毫无疑问，地方不同它的命运也将不同。尽管如此，回顾几个世纪以来的智慧之草、疯长之草或是杂草让人产生的情感体验，我们能感觉到，人类对草的渴望确实有一段漫长的历史。

注 释

序 言

1. Arthur Rimbaud, *Poésies - Une saison en enfer - Illuminations*, Gallimard, coll. « Poésie/Gallimard, no 87 », 1999, « Soir historique », p. 239.

第一章

1. Yves Bonnefoy, *Le lieu d'herbe*, Galilée, 2010, p. 18. 这本小书是对草的描写最为密集的一本书。

2. Ralph Waldo Emerson, *Nature*, dans *Essais*, Michel Houdiard, 2009, p. 19. 爱默生发表于1836年的文章。

3. Yves Bonnefoy, *Le lieu d'herbe*, *op. cit.*, p. 20.

4. Henry David Thoreau, *Essais*, Marseille, Le Mot et le Reste, 2007, « Teintes d'automne », p. 273.

5. Cité par Philippe Jaccottet, Œuvres, Gallimard, coll. « Bibliothèque de La Pléiade », 2014, « Carnets, 1995-1998 », p. 1045.

6. Walt Whitman, Feuilles d'herbe, José Corti, 2008, p. 59.

7. Philippe Jaccottet, Œuvres, op. cit., « Aux liserons des champs », pp. 1115 et note 1550.

8. Walt Whitman, Feuilles d'herbe, op. cit., p. 25.

9. Philippe Jaccottet développe longuement ces qualités dans Œuvres, op. cit., « La Semaison », « Carnets, août 1965 », p. 385.

10. Victor Hugo, Les voix intérieures, Gallimard, coll. « Poésie », 1964, « La Statue », p. 329.

11. Philippe Jaccottet, Œuvres, op. cit., p. 1118.

12. Philippe Jaccottet, Œuvres, op. cit., « La Semaison », p. 626, « L'Ignorant », p. 147, et « Même lieu, même moment », p. 502.

13. Jean-Pierre Richard, « Scènes d'herbe », dans L'État des choses, Gallimard, 1990, p. 36.

14. Denise Le Dantec, « La force du plus fragile », dans « Herbes sages, herbes folles », La grande oreille, n° 50, juillet 2012, p. 64.

15. Thomas Hardy, Loin de la foule déchaînée, Archipoche, 2015, p. 139.

16. Paul Gadenne, Siloë, Le Seuil, 1974, pp. 472-473 et 486.

17. Robert Musil, L'homme sans qualités, Le Seuil, 2004, t. II,

p. 632.

18. Goethe, *Poésies/Gedichte*, Aubier, collection bilingue, 1982, t. II, p. 75.

19. Jean Giono, *Regain*, Le livre de poche, 1995, *passim*.

20. Francis Ponge, Œuvres complètes, Gallimard, 2002, t. II, « La fabrique du pré », p. 476.

21. Denise Le Dantec, *L'homme et les herbes*, Éditions Apogée, 2010, p. 25.

22. Francis Ponge, « La fabrique du pré », *op. cit.*, p. 489.

23. Philippe Jaccottet, Œuvres, *op. cit.*, voir p. 1499, citation dans « Cahier de verdure », p. 757.

24. Keith Thomas, *Dans le jardin de la nature*, Gallimard, 1985, pp. 295-303.

25. Ronsard, Œuvres complètes, Gallimard, coll. « Bibliothèque de La Pléiade », t. I, 1993, p. 670.

26. Virgile, *Bucoliques. Géorgiques*, Gallimard, coll. « Folio classique », Troisième Géorgique, p. 237.

27. Michel Pastoureau, *Vert*, Le Seuil, Points Histoire, 2017, pp. 129-130.

28. Goethe, *Poésies*, *op. cit.*, t. II, « Printemps précoce », p. 499, « Mai », p. 623, « Printemps l'année durant », p. 625.

29. Rainer Maria Rilke, Œuvres, Le Seuil, 1966, t. I, Prose, p. 507.

30. Stéphane Mallarmé, *Poésies*, Garnier Flammarion, 1989, p. 230.

31. Colette, *La maison de Claudine*, Fayard / Hachette littérature, 2004, « Printemps passé », p. 150.

32. Jean Giono, *Le chant du monde*, Gallimard, 1934, rééd. coll. « Folio », 1976, pp. 259 et 260.

33. Hermann Hesse, « Mon enfance », dans *La leçon interrompue*, Calmann Lévy, 2012, pp. 50 et 51.

34. Philippe Jaccottet, Œuvres, *op. cit.*, « Mai », p. 707.

35. Walt Whitman, *Feuilles d'herbe*, op. cit., p. 29.

36. Gustave Flaubert, *Correspondance*, Gallimard, coll. « Bibliothèque de La Pléiade », t. II, 1980, p. 557.

37. Michel Collot, « Sur le pré de Francis Ponge », dans Jean Mottet (dir.), *L'herbe dans tous ses états*, Seyssel, Champ Vallon, 2011, p. 22.

38. Henry David Thoreau, *Walden ou la vie des bois*, Gallimard, coll. « L'imaginaire », p. 310, cité par Philippe Jaccottet, Œuvres, *op. cit.*, « Carnets, 1995-1998 », « La Semaison », p. 1052.

39. Cité par Philippe Jaccottet, Œuvres, *op. cit.*, « Carnets, 1995-1998 », p. 1045.

40. Jean-Pierre Richard, *L'état des choses*, op. cit., p. 25.

41. *Ibid.*, p. 37.

42. Denise Le Dantec, *L'homme et les herbes*, *op. cit.*, p. 416.

43. John Cowper Powys, *Wolf Solent*, Gallimard, coll. « NRF », [1961] 1967, pp. 94-95.

44. Henry David Thoreau, *Essais*, *op. cit.*, « Teintes d'Automne », p. 271.

45. Hubert Voignier, *Les hautes herbes*, Cheyne éd., 2004 et 2011, pp. 11-14.

46. *Ibid.*, pp. 24 et 35.

47. Philippe Delerm, *Les chemins nous inventent*, Stock, 1997-1998, p. 121.

48. Keith Thomas, *Dans le jardin de la nature*, *op. cit.*, pp. 354-355.

49. Marcel Proust, *Jean Santeuil*, Gallimard, coll. « Quarto », 2001, pp. 323 et 348.

50. Denise Le Dantec, *L'homme et les herbes, op. cit.*, p. 435. 我们可以在这本书的第 432—435 页找到探讨过疯长之草的艺术家名单。

51. John Cowper Powys, *Wolf Solent*, *op. cit.*, p. 523.

52. Gustave Roud, *Anthologie*, par Philippe Jaccottet, Segers, coll. « Poètes d'aujourd'hui », 2002, « Épaule », p. 113.

53. Jacques Réda, *L'herbe des talus*, Gallimard, « Folio », 1996, pp. 185 et 187.

54. Élisée Reclus, *Histoire d'un ruisseau*, Arles, Actes Sud, coll. « Babel », 1995, pp. 129 et 137.

55. Philippe Delerm, *Les chemins nous inventent*, *op. cit.*, p. 82.

56. Victor Hugo, *Œuvres complètes*, *Voyages*, Robert Laffont, coll. « Bouquins », 1987, « Le Rhin », pp. 70, 113-114, 146.

57. Olivier de Serres, *Le Théâtre d'agriculture et mesnage des champs*, Arles, Actes Sud, coll. « Thésaurus », 2001, pp. 243-244.

58. 关于以上几点，请参照 Keith Thomas, *Dans le jardin de la nature*, *op. cit.*, pp. 351-353。

59. Henry David Thoreau, *Journal, 1837-1861*, présentation de Kenneth White, Denoël, 2001, p. 191.

60. Henry David Thoreau, *Essais*, *op. cit.*, « Teintes d'automne », p. 268.

61. Victor Hugo, *Les Contemplations*, Librairie générale française, 2002, p. 324.

62. Jean-Pierre Richard, *L'état des choses*, *op. cit.*, p. 12.

63. *Proust/Ruskin*, éd. par Jérôme Bastianelli, Robert Laffont, 2015, Ruskin, « La nature », p. 762.

64. Gilles Deleuze, Félix Guattari, *Mille plateaux : capitalisme et schizophrénie 2*, Éditions de Minuit, 1980, p. 29.

65. Lucrèce, *De la nature des choses*, Livre de poche classique,

2002, V, pp. 529, 531, 581.

66. Alphonse de Lamartine, Œuvres poétiques complètes, Gallimard, coll. « Bibliothèque de la Pléiade », 1963, pp. 784-785.

67. Victor Hugo, *Les Contemplations*, *op. cit.*, « Ce que dit la bouche d'ombre », p. 507, « Magnitudo Parvi », p. 268, « Croire mais pas en nous », p. 407, « À celle qui est restée en France », p. 546.

68. *Ibid.*, « Oui, je suis le rêveur », p. 107.

69. Walt Whitman, *Feuilles d'herbe*, *op. cit.*, p. 109.

70. Philippe Jaccottet, Œuvres, *op. cit.*, « Carnets, août 1990 », p. 942.

71. *Ibid.*, « Trois fantaisies », p. 709.

72. Michel Delon, dans Alain Corbin, Jean-Jacques Courtine et Georges Vigarello (dir.), *Histoire des émotions*, Le Seuil, t. II, p. 23.

73. John Milton, *Le Paradis perdu*, traduction de Chateaubriand, Gallimard, « Poésie », 1995, pp. 123, 126, 221.

74. Philippe Thiebaut, *Pudeur*, Éditions de la Table Ronde, 2014.

75. Philippe Delerm, *Les chemins nous inventent*, *op. cit.*, p. 77.

76. Keith Thomas, *Dans le jardin de la nature*, *op. cit.*, p. 351, n. 1.

77. Victor Hugo, *Les Misérables*, Gallimard, coll. « Folio classiques », 1995; Édition d'Yves Gohin, t. 1, p. 233.

78. Jules Michelet, *L'insecte*, Éditions des Équateurs, 2011, p. 286.

Ce qui ne l'empêche pas de décrire les guerres de l'herbe (cf. infra).

第二章

1. Jean-Pierre Richard, *L'État des choses*, op. cit., pp. 14 et 16.

2. René Char, Œuvres complètes, Gallimard, coll. « Bibliothèque de la Pléiade », 1995, « Feuillets d'Hypnos », p. 192.

3. Yves Bonnefoy, *Le lieu d'herbe*, *op. cit.*, pour tout ce qui concerne le paragraphe qui précède, notamment p. 28.

4. George Sand, Œuvres autobiographiques, I., *Histoire de ma vie*, Gallimard, coll. « Bibliothèque de la Pléiade », 1970, pp. 556-557.

5. Victor Hugo, Œuvres complètes, *Voyages*, *op. cit.*, « Pyrénées », p. 762.

6. Julien Gracq, *Carnets du grand chemin*, Paris, 1992, cité par Antoine de Baecque, Écrivains randonneurs, Omnibus, 2013, p. 841.

7. Nicolas Delesalle, *Un parfum d'herbe coupée*, Librairie générale française, 2014, pp. 119 et 285.

8. Françoise Renaud, *Femmes dans l'herbe*, Vichy, Aedis, 1999, p. 122.

9. Guth des Prez, « Souvenirs d'enfance », dans « Herbes sages, herbes folles », *La grande oreille*, n° 50, juillet 2012, pp. 9 et 11.

10. Philippe Jaccottet, Œuvres, *op. cit.*, « Carnets, mai 1973 »,

p. 626.

11. Yves Bonnefoy, *Le lieu d'herbe, op. cit.*, p. 41.

12. Valentin Jamerey-Duval, *Mémoires. Enfance et éducation d'un paysan au xviiie siècle*, présenté par Jean-Marie Goulemot, Minerve, 2011, notamment p. 78.

13. Jean-Jacques Rousseau, *Rêveries du promeneur solitaire*, Librairie générale française, 2001, pp. 133 et 149.

14. Bernardin de Saint-Pierre, Études de la Nature, Publications de l'université de Saint-Étienne, 2007, p. 560.

15. Maurice de Guérin, Œuvres complètes, *Le Cahier vert*, Classiques Garnier, 2012, p. 56.

16. Alphonse de Lamartine, Œuvres poétiques complètes, Gallimard, coll. « Bibliothèque de la Pléiade », 1963, *Nouvelles méditations poétiques*, « Les préludes », p. 165, et *Harmonies poétiques et religieuses*, « Milly », pp. 395 et 397.

17. Eugène Fromentin, Œuvres complètes, *Dominique*, Gallimard, coll. « Bibliothèque de la Pléiade », 1984, p. 404.

18. George Eliot, *Le moulin sur la Floss*, Gallimard, 2003, p. 69.

19. William Wordsworth, *Poèmes*, Gallimard, « Poésie », 2001, « Le prélude », pp. 63 et 65, « À un papillon », p. 121, « Au coucou », pp. 123 et 125.

20. John Ruskin, extrait de *Les sept lampes de l'architecture*, cité dans *Proust/Ruskin*, *op. cit.*, p. 739.

21. Walt Whitman, *Feuilles d'herbe*, *op. cit.*, p. 265.

22. Giacomo Leopardi, *Canti*, Gallimard, « Poésie », 1964-1982, « Le premier amour », p. 64.

23. Henri Bosco, *L'Âne Culotte*, Gallimard, 1937, p. 119.

24. Colette, *Les vrilles de la vigne*, Fayard, 2004, p. 115.

25. Hermann Hesse, *La leçon interrompue*, *op. cit.*, « Mon enfance », pp. 20-21, 23, 26.

26. Paul Gadenne, *Siloë*, *op. cit.*, p. 177.

27. Robert Musil, *L'homme sans qualités*, Le Seuil, 2014, t. I, p. 875.

28. Textes cités par Guy Tortosa, « Herbier, Journal », dans Jean Mottet (dir.), *L'herbe dans tous ses états*, *op. cit.*, pp. 91-92.

29. Denise Le Dantec, *L'homme et les herbes*, *op. cit.*, p. 291.

30. Walt Whitman, *Feuilles d'herbe*, *op. cit.*, p. 59.

31. Victor Hugo, *Les rayons et les ombres*, *op. cit.*, p. 288.

32. Victor Hugo, *Voyages, Le Rhin*, *op. cit.*, p. 129.

33. Victor Hugo, *Les contemplations*, *op. cit.*, « Pauca Meæ », p. 281.

34. Gustave Flaubert, *Madame Bovary*, Gallimard, « Folio

classique », 2001, p. 244.

第三章

1. 以下的具体信息基本来自这本著作：Francis Brumont (éd.), *Prés et pâtures en Europe occidentale*, Toulouse, Presses universitaires du Mirail, 2008。

2. Pierre Lieutaghi, dans Olivier de Serres, *Le théâtre d'agriculture...*, *op. cit.*, pp. 48 et 53.

3. *Ibid.*, pp. 437-438, 441 et 446.

4. Francis Ponge, Œuvres complètes, *op. cit.*, t. II, « La fabrique du pré », 22 et 27 octobre 1960, p. 449.

5. Michel Collot, « Sur le pré de Francis Ponge », dans Jean Mottet (dir.), *L'herbe dans tous ses états*, *op. cit.*, p. 23.

6. Gustave Roud, *Anthologie*, *op. cit.*, pp. 142-143.

7. Francis Ponge, Œuvres complètes, *op. cit.*, t. II, « La fabrique du pré », p. 449.

8. *Ibid.*, pp. 458-459.

9. Ponge cité par Michel Collot, « Sur le pré de Francis Ponge », dans Jean Mottet (dir.), *L'herbe dans tous ses états*, *op. cit.*, p. 22.

10. Victor Hugo, *Les chants du crépuscule, Les voix intérieures, Les rayons et les ombres*, Gallimard, coll. « Poésie », p. 266.

11. Philippe Jaccottet, *La promenade sous les arbres*, Lausanne, Éditions La Bibliothèque des Arts, 2009, pp. 73-74, 79.

12. Élisée Reclus, *Histoire d'un ruisseau*, *op. cit.*, pp. 8-9, 13, 49 et 114.

13. Jean Giono, *Regain*, *op. cit.*, pp. 69 et 143.

14. Jean Giono, *Le chant du monde*, *op. cit.*, p. 260.

15. Françoise Renaud, *Femmes dans l'herbe*, *op. cit.*, p. 30.

16. Thomas Hardy, *Loin de la foule déchaînée*, *op. cit.*, pp. 140 et 144.

17. Francis Ponge, Œuvres complètes, *op. cit.*, t. II, « La fabrique du pré », pp. 452-453.

18. *Ibid.*, p. 469.

19. Arthur Rimbaud, *Poésies - Une saison en enfer - Illuminations*, *op. cit.*, « Soir historique », p. 239.

20. Alphonse Daudet, *Lettres de mon moulin*, Gallimard, coll. « Classiques de poche », 1994, *Ballades en prose*, « Le sous-préfet aux champs », pp. 107-108.

21. Joachim Du Bellay, Œuvres poétiques, Classiques Garnier, t. II, 2009, « Chant de l'amour et du printemps », p. 174.

22. Philippe Jaccottet, Œuvres, *op. cit.*, « Mai », pp. 706-707.

23. Giacomo Leopardi, *Canti*, *op. cit.*, « Écoute, Melisso », p. 150.

24. John Keats, *Ode à un rossignol et autres poèmes*, La Délirante, 2009, p. 39.

25. Philippe Jaccottet, *Œuvres*, *op. cit.*, « Les cormorans », p. 681.

26. Alphonse de Lamartine, *Œuvres poétiques complètes*, *op. cit.*, *Harmonies poétiques et religieuses*, « Jehova », p. 366.

27. Henry David Thoreau, *Essais*, *op. cit.*, *Histoire naturelle du Massachusetts*, p. 50.

28. Ralph Waldo Emerson, *Nature*, dans *Essais*, *op. cit.*, p. 18.

29. Leconte de Lisle, *Poèmes antiques*, Gallimard, coll. « Poésie », 1994, « Juin », p. 276.

30. John Cowper Powys, *Les enchantements de Glastonbury*, Gallimard, 1991, p. 650.

31. *Ibid.*, p. 1008.

32. Philippe Jaccottet, *Œuvres*, *op. cit.*, « Le pré de Mai », pp. 492-493.

33. Maurice Halbwachs, *Les cadres sociaux de la mémoire*, Alcan, 1925.

34. Philippe Jaccottet, *Œuvres*, *op. cit.*, « Trois fantaisies », p. 709.

第四章

1. Francis Brumont (éd.), *Prés et pâtures en Europe occidentale*,

op. cit., *passim*, et Marcel Lachiver, *Dictionnaire du monde rural*, Fayard, 2006, *passim*.

2. Paul Gadenne, *Siloë*, *op. cit.*, p. 180.

3. *Ibid.*, p. 177.

4. *Ibid.*, p. 206.

5. Dominique-Louise Pélegrin, « Mes prairies », dans « Herbes sages, herbes folles », *La grande oreille*, n° 50, juillet 2012, p. 58.

6. René Char, Œuvres complètes, *op. cit.*, « Feuillets d'Hypnos », p. 216.

7. Gérard de Nerval, *Les Filles du feu*, Les classiques de poche, 1999, « Sylvie », p. 269.

8. Pline le Jeune, *Lettres*, Flammarion, 1933, p. 131.

9. Ronsard, Œuvres complètes, *op. cit.*, t. I, p. 533.

10. Valentin Jamerey-Duval, *Mémoires*, *op. cit.*, pp. 92 et 100.

11. Notamment William Gilpin, *Observations sur la rivière Wye*, Presses universitaires de Pau, 2009.

12. Maurice de Guérin, Œuvres complètes, *op. cit.*, « Poèmes, pages sans titre », p. 322.

13. Alphonse de Lamartine, Œuvres poétiques complètes, *op. cit.*, « Jocelyn », p. 607.

14. Marcel Proust, À la recherche du temps perdu, Gallimard, coll.

« Bibliothèque de la Pléiade », 1954, t. I, pp. 167-168.

15. Victor Hugo, *Correspondance familiale et écrits intimes*, Laffont, coll. « Bouquins », t. II, 1828-1839, 1991, p. 400.

16. Victor Hugo, Œuvres complètes, *Voyages*, *op. cit.*, « Le Rhin », pp. 47 et 51.

17. Philippe Jaccottet, Œuvres complètes, *op. cit.*, « Le cahier de verdure », pp. 771-773.

18. Gustave Flaubert, Maxime Du Camp, *Nous allions à l'aventure par les champs et par les grèves*, Librairie générale française, 2012, p. 169.

19. William Hazlitt, « Partir en voyage », *Liber amoris et autres textes*, Paris, [1822] 1994, cité par Antoine de Baecque, *Écrivains randonneurs*, *op. cit.*, p. 355.

20. Maurice de Guérin, Œuvres complètes, *Poèmes*, *op. cit.*, « Ce que j'aime », p. 212.

21. Eugène de Fromentin, Œuvres complètes, *op. cit.*, *Dominique*, pp. 421-423.

22. Victor Hugo, Œuvres complètes, *Voyages*, *op. cit.*, « Le Rhin », lettre 20, pp. 135 et 144.

23. Henry David Thoreau, *Essais*, *op. cit.*, « Marcher », pp. 199 et 216.

24. Elizabeth Goudge, *La colline aux gentianes*, Éditions Phébus, [1950] 1999, p. 357.

25. Élisée Reclus, *Histoire d'un ruisseau*, *op. cit.*, p. 118.

26. Rainer Maria Rilke, Œuvres, Le Seuil, 1966, t. I, « Rose », p. 215.

27. Eugène Sue, *Les Mystères de Paris*, éd. par Judith Lyon-Caen, Gallimard, coll. « Quarto », 2009, p. 90. Cette page et l'émotion décrite ont retenu l'attention de Ruskin dans la Bible d'Amiens.

28. Émile Zola, *Les Rougon-Macquart*, Robert Laffont, coll."Bouquins", t.II, *La faute de l'abbé Mouret*, 2002, p. 235.

29. Philippe Jaccottet, Œuvres complètes, *op. cit.*, « L'obscurité », pp. 243 et 245.

30. Olivier Delavault, préface à James Fenimore Cooper, *La Prairie*, Éditions du Rocher, 2006.

31. Jonathan Carver, cité par Aldo Leopold, *Almanach d'un comté des sables*, présentation J.M.G Le Clézio, Garnier Flammarion, 2000, p. 49.

32. James Fenimore Cooper, *La Prairie*, *op. cit.*, citations pp. 55, 348, 618, 410, 428 et 669.

33. Aldo Leopold, *Almanach...*, *op. cit.*, p. 200.

34. John Muir, *Enfance et jeunesse*, cité par Aldo Leopold,

Almanach…, op. cit., p. 51.

35. Aldo Leopold, *Almanach…, op. cit.*, pp. 70-71, 262.

第五章

1. René Char, Œuvres complètes, *op. cit.*, « Biens égaux », p. 251.

2. Denise Le Dantec, *L'homme et les herbes*, *op. cit.*, p. 25.

3. Francis Ponge, Œuvres complètes, *op. cit.*, « La fabrique du pré », p. 449.

4. Denise Le Dantec, *L'homme et les herbes*, *op. cit.*, p. 25.

5. Lucrèce, *De la nature des choses*, *op. cit.*, V, p. 579.

6. John Milton, *Le Paradis perdu*, Gallimard, coll. « Poésie » 1995, p. 221. Cité chap. 1.

7. Virgile, *Bucoliques. Géorgiques*, *op. cit.*, pp. 69 et 89.

8. Dominique-Louise Pélegrin, « Ciel, ma prairie ! », dans Jean Mottet (dir.), *L'herbe en tous ses états*, *op. cit.*, p. 83.

9. Michel Pastoureau, *Vert*, *op. cit.*, pp. 67 et 69.

10. Iacopo Sannazaro, *Arcadia (L'Arcadie)*, Les Belles Lettres, 2004, pp. 73 et 112.

11. Ronsard, Œuvres complètes, *op. cit.*, t. II, 1994, « Chant pastoral », p. 195, et t. I, pp. 176 et 694.

12. Novalis in Romantiques allemands, Gallimard, coll. « Bibliothèque

de la Pléiade », t. I, 1963. *Heinrich von Ofterdingen*, p. 385.

13. John Milton, *Le Paradis perdu*, *op. cit.*, p. 156.

14. Vivant Denon, *Point de lendemain*, dans *Romans libertins du xviiie siècle*, Robert Laffont, coll. « Bouquins », 1993, pp. 1302 et 1306.

15. John Cowper Powys, *Wolf Solent*, op. cit., pp. 415-416.

16. Jean-Pierre Richard, *L'état des choses*, op. cit., p. 24.

17. Chrétien de Troyes, Érec et Énide, Honoré Champion, 2009, p. 135.

18. L'Arioste, *Roland Furieux*, préface d'Yves Bonnefoy, Gallimard, coll. « Folio classique », 2003, chant I, p. 70.

19. Bernardin de Saint-Pierre, Études de la Nature, Publications de l'université de Saint-Étienne, 2007, p. 546.

20. Alphonse Daudet, *Lettres de mon moulin*, préface de Louis Forestier, Le livre de poche, 1994, p. 108.

21. Jean Giono, *Regain*, *op. cit.*, pp. 45-46.

22. William Wordsworth, *Poèmes*, *op. cit.*, « Le prélude », p. 49.

23. Gérard de Nerval, *Les filles du feu*, *op. cit.*, « Odelettes », « Les Papillons », p. 77.

24. George Eliot, *Le moulin sur la Floss*, *op. cit.*, p. 401.

25. Alphonse de Lamartine, Œuvres poétiques complètes, *op. cit.*, « Jocelyn », pp. 611-612.

26. Giacomo Leopardi, *Canti*, *op. cit.*, « Chant nocturne d'un berger errant d'Asie », p. 104, et « Aspasia », p. 12.

27. Guy de Maupassant, *Contes du jour et de la nuit*, Gallimard, coll. « Folio classiques », 1984, « Le crime du père Boniface », p. 49.

28. Joris-Karl Huysmans, *En rade*, Gallimard, coll. « Folio classique », 1984, pp. 142-143.

29. Jacques Réda, « L'herbe écrite », cité par Jean-Pierre Richard, *L'état des choses*, *op. cit.*, pp. 30, 38 et 37.

30. Valentin Jamerey-Duval, *Mémoires*, *op. cit.*, p. 157.

31. *Conversations de Goethe avec Eckermann*, Gallimard, 1988, « 26 septembre 1827 », p. 529.

32. Marcel Proust, À la recherche du temps perdu, *op. cit.*, t. I, *Du côté de chez Swann*, p. 170.

33. Denise Le Dantec, *L'homme et les herbes*, *op. cit.*, p. 360.

34. Jean Giono, *Regain*, *op. cit.*, pp. 85 et 148-149.

35. Victor Hugo, Œuvres complètes, *Voyages*, *op. cit.*, « Le Rhin », pp. 118 et 279.

36. *Ibid.*, p. 339.

37. Gustave Roud, *Anthologie*, *op. cit.*, p. 122.

38. Henri Bosco, *L'Âne Culotte*, *op. cit.*, pp. 119 et 136.

39. Françoise Renaud, *Femmes dans l'herbe*, *op. cit.*, pp. 143-144.

40. Jean de La Fontaine, « Les animaux malades de la peste » et « Les deux chèvres ».

41. Alphonse Daudet, Lettres de mon moulin, op. cit., pp. 40-41, 43.

42. Henri Bosco, L'Âne Culotte, op. cit., p. 43.

43. 乌尔里希是一个没有个性的人,阿恩海姆是一个贵族兼学者和德国商人,狄奥提姆在他的沙龙里接待了"平行行动"的成员,该行动是奥匈帝国的一个重要计划。

44. Robert Musil, L'homme sans qualités, op. cit., t. I, p. 751.

45. Cité par Jean-Pierre Richard, L'état des choses, op. cit., pp. 24 et 25.

第六章

1. René Char, Œuvres complètes, op. cit., « Feuillets d'Hypnos », p. 217.

2. Jules Michelet, L'Insecte, présenté par Paule Petitier, Éditions des Équateurs, 2011, pp. 22 et 167.

3. Ibid., pp. 75-76.

4. Théocrite, Idylles bucoliques, L'Harmattan, 2010, pp. 41, 43 et 75.

5. Virgile, Bucoliques, Géorgiques, op. cit., Géorgiques, livre IV, pp. 255 et 260.

6. Goethe, *Romans*, *op. cit.*, *Les souffrances du jeune Werther*, p. 48.

7. John Keats, *Ode à un rossignol et autres poèmes*, *op. cit.*, « Sur la sauterelle et le grillon », p. 15, « Ode à un rossignol », p. 39, « À l'automne », p. 55.

8. Alphonse de Lamartine, *Œuvres poétiques complètes*, *op. cit.*, « Jocelyn », pp. 638-639 ; *Harmonies poétiques et religieuses*, « L'infini dans les cieux », pp. 351-352.

9. Henry David Thoreau, *Journal, 1837-1861*, *op. cit.*, pp. 103, 123 et 139.

10. *Ibid.*, p. 123.

11. Victor Hugo, *Correspondance*, *op. cit.*, t. II, p. 468.

12. Hippolyte Taine, *Voyage aux Pyrénées*, cité par Antoine de Baecque, Écrivains randonneurs, op. cit., p. 248.

13. Guy de Maupassant, *Contes du jour et de la nuit*, *op. cit.*, « Souvenir », p. 220 sq.

14. Élisée Reclus, *Le Ruisseau*, *op. cit.*, p. 70 ; Émile Zola, *Les Rougon-Macquart*, *op. cit.*, t. II, *La Faute de l'abbé Mouret*, p. 170.

15. Jean Giono, *Regain*, *op. cit.*, p. 62.

16. John Cowper Powys, *Wolf Solent*, *op. cit.*, p. 267.

17. Goethe, *Les souffrances du jeune Werther*, *op. cit.*, p. 49.

18. Élisée Reclus, *Histoire d'un ruisseau*, *op. cit.*, p. 131.

19. Victor Hugo, Œuvres complètes, *Voyages, op. cit.*, « Le Rhin », pp. 146 et 340.

20. Françoise Chenet, « Hugo en herbe. Petits et grands drames de l'herbe », dans Jean Mottet (dir.), *L'herbe dans tous ses états, op. cit.*, pp. 37-48.

21. Cité *ibid.*, p. 39.

第七章

1. Jacques Brosse, *Mythologie des arbres*, Payot, 2001, notamment pp. 54, 109, 244, 264 et 266.

2. Simon Schama, *Le paysage et la mémoire*, Le Seuil, 1999, p. 585.

3. *Ibid.*, p. 595.

4. 关于以上几点，请参阅 Jacques Brosse, *Mythologie des arbres, op. cit* 前面例举的页数和第 264 页及后记。

5. Théocrite, *Idylles bucoliques*, postface Alain Blanchard, *op. cit.*, p. 147.

6. *Ibid.*

7. *Proust/Ruskin, op. cit.*, p. 107.

8. Yves Bonnefoy, *L'Inachevable*, Albin Michel, coll. « Livre de poche », 2010, pp. 164 et 167.

9. Virgile, *Bucoliques, Géorgiques*, op. cit., IIIe Bucolique, pp. 69-70.

10. Horace, *Odes*, Gallimard, coll. « NRF/poésie », 2004, livre IV, XII, p. 425.

11. Sur tous ces points, Alain Mérot, Du paysage en peinture dans l'Occident moderne, Gallimard, 2009, chap. V, « Lieu poétique et inspiration pastorale », pp. 177-204.

12. *Ibid.*, p. 201.

13. Cité par Alain Mérot, *Du paysage en peinture…*, *op. cit.*, p. 211.

14. Iacopo Sannazaro, *Arcadia*, *op. cit.*, p. 8.

15. *Ibid.*, pp. 12 et 14.

16. *Ibid.*, p. 226.

17. Ronsard, Œuvres complètes, t. II, Églogue III, p. 184. 虽然龙沙使用术语"éclogue"而不是"églogue",但我们依旧选择了后者以保证表述清楚。

18. Honoré d'Urfé, *L'Astrée*, éd. par Jean Lafond, Gallimard, coll. « Folio classique », 1984, p. 129.

19. Cité par Sophie Le Ménahère, *L'invention du jardin romantique en France, 1761-1808*, Éd. Spiralinthe, 2001, p. 193.

20. *Ibid.*, p.526.

21. 关于前文所述,请参照 François Walter, *Les Figures paysagères de la Nation. Territoire et paysage en Europe, xvie-xxe siècles*, Éditions de l'EHESS, 2004, notamment p. 156 sq.

22. Leconte de Lisle, *Poèmes antiques*, Gallimard, coll. « Poésie », 1994, pp. 256, 276 et 290.

23. Théocrite, *Idylles bucoliques*, *op. cit.*, « La muse aux champs », pp. 71 et 75.

24. Virgile, *Bucoliques, Géorgiques*, *op. cit.*, p. 293.

25. Olivier de Serres, *Le théâtre d'agriculture...*, *op. cit.*, p. 526.

26. Philippe Jaccottet, *Œuvres complètes*, *op. cit.*, *Paysages avec figures absentes*, « Soir », pp. 500-501.

27. Cité par Sophie Le Ménahère, *L'invention du jardin romantique...*, *op. cit.*, p. 306.

28. Victor Hugo, *Les Contemplations*, *op. cit.*, « Cadaver », p.450, « Baraques de foire », p. 216.

29. Victor Hugo, *Œuvres complètes*, *Voyages*, *op. cit.*, « Le Rhin », p. 57.

30. Victor Hugo, *Correspondances*, *op. cit.*, t. II, p. 400.

31. Leconte de Lisle, *Poèmes antiques*, *op. cit.*, « Fultus Hyacintho », p. 255 et 278.

32. Henry David Thoreau, *Journal, 1837-1861*, op. cit., p. 164.

33. John Cowper Powys, *Les enchantements de Glastonbury*, *op. cit.*, p. 79.

34. Robert Musil, *L'homme sans qualités*, *op. cit.*, t. I, p. 857.

35. Dominique-Louise Pélegrin, « Ciel, ma prairie », art. cit., p. 85.

36. Philippe Jaccottet, Œuvres, op. cit., « L'Arcadie perdue et retrouvée », p. 1505.

第八章

1. 关于以上几点，请参阅 Francis Brumont (éd.), *Prés et pâtures en Europe occidentale, op. cit*。

2. Daniel Pichot, « L'herbe et les hommes : prés et pâturages dans l'ouest de la France (xie-xive siècle) », dans Francis Brumont (éd.), *Prés et pâtures en Europe occidentale, op. cit.*, p. 64.

3. Corinne Beck, « Techniques et modes d'exploitation des prés dans le Val de Saône aux xive et xve siècles », dans Francis Brumont (éd.), *Prés et pâtures en Europe occidentale, op. cit.*, pp. 65-79, notamment p. 74.

4. Sébastien Lay, « Maîtrise, non-maîtrise de l'herbage : approche ethnologique des savoirs et des usages de l'herbe dans les Pyrénées centrales », dans Francis Brumont (éd.), *Prés et pâtures en Europe occidentale, op. cit.*, pp. 221-232.

5. Olivier de Serres, *Le théâtre d'agriculture...*, *op. cit.*, pp. 74, 438, 446-447.

6. Alain Corbin, *Sois sage, c'est la guerre, 1939-1945. Souvenirs*

d'enfance, Flammarion, 2014, « L'herbe aux lapins », pp. 37-39.

7. Joris-Karl Huysmans, *En rade, op. cit.*, p. 139.

8. Aimé Blanc, *Le taureau par les cornes*, cité par Rose-Marie Lagrave, *Le village romanesque*, Arles, Actes Sud, 1980, p. 61.

9. Jean Giono, *Que ma joie demeure*, cité par Denise Le Dantec, *L'homme et les herbes, op. cit.*, p. 43.

10. Gustave Roud cité par Philippe Jaccottet, *Œuvres complètes, op. cit.*, pp. 91, 101, 104-105 et 116.

11. Marquise de Sévigné, « La lettre des foins », 1671, citée, à titre d'exemple, par Denise Le Dantec, *L'homme et les herbes, op. cit.*, p. 46.

12. Olivier de Serres, *Le théâtre d'agriculture…, op. cit.*, p. 448.

13. *Ibid.*, pp. 448-449.

14. Gérard de Nerval, *Les filles du feu*, op. cit., p. 252.

15. Colette, *Sido* suivi de *Les vrilles de la vigne*, Œ livre de poche, 1973, pp. 111-112.

16. Denise Le Dantec, *L'homme et les herbes, op. cit.*, p. 46.

17. Henry David Thoreau, *Journal, 1837-1861, op. cit.*, p. 97.

第九章

1. Denise Le Dantec, *L'homme et les herbes, op. cit.*, pp. 384 et 385.

2. Olivier de Serres, *Le théâtre d'agriculture…, op. cit.*, pp. 895,

896, 903 et 904.

3. George Sand, *Consuelo*, Phébus libretto, 1999, pp. 617-618 et 632.

4. Keith Thomas, *Dans le jardin de la nature*, *op. cit.*, p. 312.

5. Jean-Jacques Rousseau, *Julie ou la Nouvelle Héloïse*, éd. Jean-Marie Goulemot, Le livre de poche classique, 2002, Lettre XI de la troisième partie, citations pp. 534-537, 541-542, 550.

6. Pierre-Henri Valenciennes, Éléments de perspective à l'usage des artistes, cité par Sophie Le Ménahère, *L'invention du jardin romantique…*, *op. cit.*, p. 149.

7. Cité par Keith Thomas, *Dans le jardin de la nature*, *op. cit.*, p. 312.

8. Joris-Karl Huysmans, *En rade*, *op. cit.*, pp. 69, 71-73.

9. Louis-Michel Nourry, Les Jardins publics en province. *Espace et politique au xixe siècle*, préface d'Alain Corbin, PUR, 1997, pp. 82-83.

10. Van Gogh cité par Emmanuel Pernoud, *Paradis ordinaires. L'artiste au jardin public*, Les Presses du réel, Dedalus, 2013, p. 37.

11. Emmanuel Pernoud, *Paradis ordinaires…*, *op. cit.*, pp. 37, 47, 49-50.

12. *Ibid.*, p. 47.

13. Émile Zola, *Les squares*, cité par Emmanuel Pernoud, *Paradis*

ordinaires…, op. cit., pp. 63 et 64.

14. *Ibid.*, p. 169 以及所有关于大碗岛的分析。

15. Marcel Proust, *Jean Santeuil, op. cit.*, pp. 327-328.

16. Jean Mottet, « Des pâturages anglais à la pelouse américaine… », art. cit., p. 144.

17. *Ibid.*, p. 145.

18. *Ibid.*, p. 147.

19. Guy Tortosa, « Herbier, journal », dans Jean Mottet (dir.), *L'herbe dans tous ses états, op. cit.*, p. 102.

20. *Ibid.*, p. 94.

21. Jean Mottet, « Des pâturages anglais à la pelouse américaine… », art. cit., p. 155.

22. Sur tous ces points : Georges Vigarello, *Une histoire culturelle du sport. Techniques d'hier… et d'aujourd'hui*, Robert Laffont, 1988, notamment pp. 60, 89, 92 *sq*.

23. En 1955, dans le bocage du Domfrontais.

24. Sylvie Nail, « L'herbe aux handicaps. Enjeux du gazon des golfs », dans Jean Mottet (dir.), *L'herbe dans tous ses états, op. cit.*, p. 161. 我们从这篇文章中借用了一些信息进行解释。

25. *Ibid.*, p. 171.

第十章

1. Hésiode, *Les travaux et les jours. La Théogonie*, Le livre de poche, 1999, p. 34.

2. Louise-Dominique Pélegrin, « Ciel, ma prairie », art. cit., pp. 84 et 87.

3. Virgile, *Bucoliques, Géorgiques, op. cit.*, 1re Bucolique, p. 61.

4. *Aucassin et Nicolette*, édition bilingue de Philippe Walter, Paris, Gallimard, coll. « Folio classique », 1999, pp. 69-70, 75.

5. Dante, *La Divine comédie, Le Purgatoire*, trad. Jacqueline Risset, Flammarion, 1988, p. 259.

6. Pétrarque, *Canzone* CXXV, pp. 116-117.

7. *Canzone* CXXVI, p. 118.

8. *Canzone* CLXII, p. 144.

9. *Canzone* CLXV, p. 146.

10. *Canzone* CXCII, p. 159.

11. *Canzone* CCXLII, p. 192.

12. *Canzone* CXCII CCCXX, « Le retour à Vaucluse », p. 238.

13. *Canzone* CXCII CCCXXIII, p. 241.

14. Iacopo Sannazaro, *Arcadia, op. cit.*, p. 56.

15. Ronsard, *Œuvres, op. cit.*, t. I, *Le premier livre des amours*,

CCXXVII, p. 143 et *Eclogue III*, « Chant pastoral sur les noces de Charles, duc de Lorraine », t. II, p. 185.

16. Madeleine et Georges de Scudéry, *Artamène ou le grand Cyrus*, Garnier-Flammarion, 2005, pp. 112-114.

17. Joseph-Marie Loaisel de Tréogate, *Dolbreuse*, 1786, t. I, p. 25, cité par Michel Delon, *Histoire des émotions*, Paris, Le Seuil, 2016, t. II, p. X.

18. Alphonse de Lamartine, Œuvres poétiques complètes, *op. cit.*, *Méditations poétiques*, « Philosophie », p. 57.

19. *Ibid.*, « Chant d'amour », p. 186.

20. *Ibid.*, *Harmonies poétiques et religieuses*, « L'Humanité », p. 372.

21. *Ibid.*, « Jocelyn », 3e époque, p. 614.

22. Évoqué par John Ruskin, dans *Proust/Ruskin*, *op. cit.*, John Ruskin, *Sésame et les lys*, p. 610.

23. Victor Hugo, *Les Contemplations*, *op. cit.*, « Aurore », p. 92 et « Amour », p. 196.

24. Stéphane Mallarmé, *Poésies*, Garnier Flammarion, 1989, « Dans le jardin », p. 124.

25. *Proust/Ruskin*, *op. cit.*, John Ruskin, *Sésame et les lys*, pp. 608-609.

26. Jean-Pierre Richard, *L'état des choses*, *op. cit.*, pp. 26, 27 et 28.

27. 关于上述几点，请参照 Vincent Robert, *La petite-fille de la sorcière : enquête sur la culture magique dans les campagnes au temps de George Sand*, Les Belles Lettres, 2015, p. 202 sq。

28. John Keats, *Ode à un rossignol et autres poèmes*, *op. cit.*, « La belle dame sans merci », p. 29.

29. Leconte de Lisle, *Poèmes antiques*, *op. cit.*, « Phidylé », p. 247, et « Thestylis », p. 220.

30. Arthur Rimbaud, *Poésies*, Gallimard/Poésie, 1965, p. 271.

31. Paul Gadenne, *Siloë*, *op. cit.*, pp. 180 et 201.

32. Victor Hugo, *Les Contemplations*, *op. cit.*, « Amour », p. 197.

33. Victor Hugo, *Les Misérables*, éd. d'Yves Gohin, Gallimard, coll. « Folio Classiques », 1995, p. 342.

34. Guy de Maupassant, *Contes du jour et de la nuit*, *op. cit.*, « Le père », pp. 64-65.

35. John Cowper Powys, *Wolf Solent*, *op. cit.*, pp. 158 et 241.

第十一章

1. Victor Hugo, *Les Contemplations*, *op. cit.*, p. 365.

2. Émile Zola, *Les Rougon-Macquart*, *op. cit.*, t. II, *La faute de l'abbé Mouret*, p. 184.

3. Robert Musil, *L'homme sans qualités*, op. cit., t. I, p. 873.

4. Dans *Lettres érotiques*, Le Robert, collection « Mots intimes », présentées par Agnès Pierron, Paris, 2015, p. 64. 吉塞勒·戴斯托克（Gisèle d'Estoc）是假名。她真名叫作玛丽-波勒·德巴尔（Marie-Paule Desbarres）。

5. Jean Giono, *Regain*, op. cit., pp. 74 et 78-79, 81.

6. Ronsard, *Œuvres complètes*, op. cit., t. I, *Le Second livre des amours*, p. 211.

7. Victor Hugo, *Œuvres complètes*, *Voyages*, op. cit., « Le Rhin », p. 204.

8. Charles Baudelaire, *Œuvres complètes*, Paris, Gallimard, coll. « Bibliothèque de la Pléiade », *Poèmes attribués*, II, p. 276.

9. Stéphane Mallarmé, *Poésies*, op. cit., « Pan » (1859).

10. John Milton, *Le Paradis perdu*, op. cit., p. 135.

11. Rose-Marie Lagrave, *Le village romanesque*, op. cit., p. 80.

12. Émile Zola, *Les Rougon-Macquart*, op. cit., t. II, *La faute de l'abbé Mouret*, p. 259.

13. Jean Giono, *Le chant du monde*, op. cit., pp. 269 et 282.

14. Paul Gadenne, *Siloë*, op. cit., pp. 496-498.

15. *Ibid.*, pp. 498 et 500.

16. D. H. Lawrence, *L'amant de Lady Chatterley*, Gallimard, coll.

« Folio classique », 1993, pp. 373, 379, 384-386.

17. Propos de D. H. Lawrence sur son roman (1928). *Ibid.*, p. 518.

18. John Cowper Powys, *Les enchantements de Glastonbury*, *op. cit.*, pp. 29, 33-34.

19. Ibid., pp. 73-74.

20. Claude Simon, *L'herbe*, Les éditions de Minuit, 2015, pp. 18, 200-201, 203.

第十二章

1. Bossuet, Œuvres, Paris, Gallimard, coll. « Bibliothèque de la Pléiade », 1961, p. 91.

2. Fléchier, Chateaubriand cités dans la rubrique « herbe » du dictionnaire Bescherelle, Paris, Garnier, 1861.

3. Sur tous ces points, Françoise Chenet, « Hugo en herbe. Petits et grands drames de l'herbe », dans Jean Mottet (dir.), *L'herbe dans tous ses états*, *op. cit.*, p. 40.

4. Ronsard, Œuvres complètes, *op. cit.*, t. II, p. 946.

5. Gustave Flaubert, *Correspondance*, *op. cit.*, t. I, pp. 314-315.

6. *Proust/Ruskin*, *op. cit.*, John Ruskin, *Les sept lampes de l'architecture*, p. 793.

7. Jean-Pierre Richard, *L'état des choses*, *op. cit.*, p. 23.

8. Victor Hugo, Œuvres complètes, *Voyages*, *op. cit.*, « Le Rhin », lettre 26, pp. 264 et 304, puis *Les rayons et les ombres*, *op. cit.*, « Tristesse d'Olympio », p. 319.

9. Françoise Renaud, *Femmes dans l'herbe*, *op. cit.*, p. 155.

10. Jules Barbey d'Aurevilly, *Romans*, éd. Judith Lyon-Caen, Gallimard, 2013, *Un prêtre marié*, p. 724, et *L'Ensorcelée*, p. 490.

11. Jean Giono, *Regain*, *op. cit.*, pp. 8-9.

12. *Ibid.*, p. 12.

13. Victor Hugo, *Histoire d'un crime*, cité et commenté par Yvon Le Scanff, *Le Paysage romantique et l'expérience du sublime*, Seyssel, Champ Vallon, 2007, pp. 212-213.

14. Victor Hugo, Œuvres complètes, *Voyages*, *op. cit.*, « Le Rhin », p. 148.

15. Gustave Flaubert, *Correspondance*, *op. cit.*, t. II, p. 6.

16. Joris-Karl Huysmans, *En rade*, *op. cit.*, pp. 200-201.

17. Émile Zola, *Les Rougon-Macquart*, *op. cit.*, t. II, *La faute de l'abbé Mouret*, p. 277.

18. Goethe, *Romans*, *op. cit.*, *Les affinités électives*, p. 239.

19. Walt Whitman, *Feuilles d'herbe*, *op. cit.*, p. 61.

20. Alphonse de Lamartine, Œuvres poétiques complètes, *op. cit.*, *Harmonies poétiques et religieuses*, « Le tombeau d'une mère », p. 421.

21. Victor Hugo, *Les voix intérieures*, *op. cit.*, p. 183.

22. Ronsard, *Œuvres complètes*, *op. cit.*, t. I, *Quatrième livre des Odes*, « De l'élection de son sépulchre », pp. 797, 876 et 877.

23. Goethe, *Les souffrances du jeune Werther*, *op. cit.*, p. 101.

24. Maurice de Guérin, *Œuvres complètes*, *op. cit.*, *Le cahier vert*, 24 mars 1833, p. 51.

25. Alphonse de Lamartine, *Œuvres poétiques complètes*, *op. cit.*, *Harmonies poétiques et religieuses*, « Milly ou la terre natale », p. 399.

26. Victor Hugo, *Les Contemplations*, *op. cit.*, « Les luttes et les rêves », XXII, p. 224.

27. Alphonse de Lamartine, *Œuvres poétiques complètes*, *op. cit.*, *Nouvelles méditations poétiques*, « Le poète mourant », p. 148.

28. Guy de Maupassant, *Contes du jour et de la nuit*, *op. cit.*, « Coco », p. 184.

29. Victor Hugo, *Les rayons et les ombres*, *op. cit.*, « Dans le cimetière de… », p. 278.

30. Victor Hugo, *Les Contemplations*, *op. cit.*, « À Villequier », p. 298.

31. Victor Hugo, *Les Misérables*, *op. cit.*, p. 886.

32. Walt Whitman, *Feuilles d'herbe*, *op. cit.*, pp. 167 et 171.

33. Maurice de Guérin, Œuvres complètes, op. cit., « Poèmes », p. 323.

这里指的是玛丽·德拉·莫尔沃耐（Marie de la Morvonnais），她曾和丈夫于1833年12月接待过莫里斯·德·介朗，后死于1835年1月22日。

阿兰·科尔班其他作品

Archaïsme et modernité en Limousin au xixe siècle, Paris, éd. Marcel Rivière, 1975.

《18 世纪利穆赞地区现代性与过时性》，巴黎：马塞尔·里维埃出版社，1975。

Les Filles de noce. Misère sexuelle et prostitution au xixe siècle, Paris, Aubier, 1978 ; édition abrégée, Paris, Flammarion, « Champs », 1982.

《勾栏美人——19 世纪的性苦难与性交易》，巴黎：奥比耶出版社，1978；缩略版，巴黎：弗拉马里翁出版社，《视野》系列丛书，1982。

Alexandre Parent-Duchatelet, *La prostitution à Paris au xixe siècle*: présenté, annoté par A. Corbin, Paris, Le Seuil, « Univers historique », 1981 ; « Points », 2008.

亚历山大·帕朗-迪沙特莱，《巴黎十九世纪性交易》，阿兰·科尔班注，巴黎：瑟伊出版社，《寰宇历史》系列丛书，1981；《观点》系列丛书，2008。

Le Miasme et la jonquille. L'odorat et l'imaginaire social (xviiie - xixe siècles), Paris, Aubier, 1982 ; Paris, Flammarion, « Champs », 1986.

《疫气与黄水仙——气味与社会想象（18—19世纪）》，巴黎：奥比耶出版社，1982；巴黎：弗拉马里翁出版社，《视野》系列丛书，1986。

Le Territoire du vide. L'Occident et le désir du rivage (1750-1840), Paris, Aubier, 1988 ; Paris, Flammarion, « Champs », 1990.

《空虚的地域——西方与海岸的憧憬（1975—1840）》，巴黎：奥比耶出版社，1988；巴黎：弗拉马里翁出版社，《视野》系列丛书，1990。

Le village des cannibales, Paris, Aubier, 1991 ; Paris, Flammarion, « Champs », 1995.

《食人族村落》，巴黎：奥比耶出版社，1991；巴黎：弗拉马里翁出版社，《视野》系列丛书，1995。

Le Temps, le désir et l'horreur, Paris, Aubier, 1991.

《时间、欲望与恐惧》，巴黎：奥比耶出版社，1991。

Les Cloches de la terre. Paysage sonore et culture sensible dans les campagnes au xixe siècle, Paris, Albin Michel, 1994.

《大地的钟声：19世纪法国乡村的音响状况和感官文化》，巴黎：阿尔班·米歇尔出版社，1994。

L'Avènement des loisirs (1850-1960), Paris, Aubier, 1995.

《休假的到来（1850—1960）》，巴黎：奥比耶出版社，1995。

Le Monde retrouvé de Louis-François Pinagot, sur les traces d'un inconnu, 1798-1876, Paris, Flammarion, 1998.

《再现路易-弗朗索瓦·皮纳戈特的世界，追寻一个陌生人的脚步，1798—1876》，巴黎：弗拉马里翁出版社，1998。

Alain Corbin, historien du sensible, Paris, La Découverte, 2000.

《阿兰·科尔班，感官史学家》，巴黎：发现出版社，2000。

L'Homme dans le paysage, Paris, Textuel, 2001.

《景中人》，巴黎：文本出版社，2001。

Le Ciel et la mer, Paris, Bayard, 2005.

《天与海》，巴黎：巴亚尔出版社，2005。

L'Harmonie des plaisirs. Les manières de jouir du siècle des Lumières à l'avènement de la sexologie, Paris, Perrin, 2008.

《愉悦的和谐——从启蒙时期到性学出现：人们的享乐方式》，巴黎：佩兰出版社，2008。

Les Conférences de Morterolles, Paris, Flammarion, 2012.

《在莫尔特罗莱的讲座》，巴黎：弗拉马里翁出版社，2012。

La Douceur de l'ombre. L'arbre source d'émotions, de l'Antiquité à nos jours, Paris, Fayard, 2013.

《树荫的温柔：亘古人类激情之源》，巴黎：法亚尔出版社，2013。

Sois sage, c'est la guerre, Paris, Flammarion, 2014.

《清醒一点，这是战争》，巴黎：弗拉马里翁出版社，2014。

Les Filles de rêve, Paris, Fayard, 2014.

《梦中女孩》，巴黎：法亚尔出版社，2014。

Histoire du silence. De la Renaissance à nos jours, Paris, Albin Michel, 2016.

《沉默的历史——从文艺复兴至今》，巴黎：阿尔班·米歇尔出版社，2016。

译后记

花落江堤蘘暖烟,雨余草色远相连。
香轮莫辗青青破,留与愁人一醉眠。

——(唐)郑谷《曲江春草》

草是人们司空见惯的事物。从远古至今,东西方许多作家和诗人都用浓墨重彩去描述这自然的一部分。中国的《诗经》《楚辞》中就有关于草的描写,并且通过这一意象表达人们在不同场景下的情绪。《诗经》在整个中国诗歌的地位可谓是开拓性的,有人这样评价:"《诗经》里的文字,虽存质朴,然其情不可谓不深,不可谓不真挚。即使歌功颂德、宗庙祭祀的诗篇,也往往庄严高古。大抵情由心生,感自肺腑,且其情往往托诸于物,以兴以比,观其物象,情意自显。"[1]可见在那个时代,人们就已经和草有了情

---

[1] 方勇:《〈诗经〉草意象研究》,山东师范大学硕士论文,2016。

感上的联系。在西方也是如此，古希腊和古罗马时期的田园诗（也称牧歌）就是证明。这里不得不提到忒奥克里托斯以及维吉尔：

> 牧歌中的人们生活在一个没有现实忧患的世界里，他们纯粹地享受着精神世界里的快乐，这种诗歌内容尽管并不完全是后来牧歌的典型代表，但不可否认的是，忒奥克里托斯的《牧歌集》为后来牧歌的发展提供了一种原型，成为维吉尔等西方牧歌诗人模仿的对象。公元前1世纪，忒奥克里托斯的这种描写田园牧人生活、意境清新的诗歌传到罗马，对苦于连绵战乱、向往安宁生活的罗马读者产生了很大影响。公元前40年代末和30年代初，维吉尔的第一部诗集《牧歌集》(*Eclogues*) 在直接翻译或套用忒奥克里托斯牧歌的基础上，对牧歌的形式和意境做出了变化和创新。[1]

既然是田园诗，那么田园牧场的风光必然少不了。而在整个牧场中最引人注意又最容易被忽视的事物莫过于青草。可见早在几千年前，人们就已经和青草有了不少接触："自20世纪上半叶以来，西方学者如弗雷泽、荣格、弗莱、卡西尔等人，开始了有关'神话原型批评'、'原始意象分析'等工作。荣格认为，原始

---

[1] 汪翠萍：《西方牧歌发展与牧歌研究的历史钩沉》，《兰州学刊》2011年第4期。

意象积累着氏族祖先的历史经验，是氏族种姓的集体意识的记忆。这种历史经验与集体记忆是在巫术活动、宗教祭祀仪式中反复重现的。"[1]这也就告诉我们，要想了解草在人们心中激起的情感就必须追根溯源，从人类文明的发端开始分析，抽丝剥茧慢慢找出千百年来绿草在人们脑海中的记忆。本书作者阿兰·科尔班以兴趣广泛和独特的历史研究方法而闻名。这部作品就从浩瀚的书海中抽取出古今西方文学作品中，各位作家与诗人因草所激起的情感。这样一个在大多数人眼中普通无比的事物到底能在作家的心中激起怎样的情感？下面译者就从三个方面来讲述自己的发现。

一、草与风景

首先我们先来探讨绿草与风景的关系，以及美景所带给人们的想象与感受。最直观的应该是视觉上的享受。说到古代中国的文学，那么《诗经》有着举足轻重的地位，台湾学者潘富俊在《诗经植物图鉴》中对《诗经》100多种植物进行了详细分析与介绍，让人们对植物的深层意义有了更好的理解。例如，诗经《郑风·野有蔓草》："野有蔓草，零露漙兮"，表达了一位小伙对心爱

---

[1] 江林昌：《从原始"意象"到人文"兴象"、"寄象"——中国文学史中的花草书写》，《文艺研究》2017年第12期。

姑娘的情感，诗的一开头便勾勒出春草繁茂、露水晶莹的良辰美景，"蓬勃旺盛的青草和晶莹剔透的露珠，更使我那不期而遇的意中人显得清扬美丽，我多么希望自己与她都好"[1]。明代杨基写于南京的《春草》就在春晖之中写出了绿草的繁茂：嫩绿柔香远更浓，春来无处不茸茸。首联一开始就将人带入了诗人当时所处的环境中——入春之后，草木新绿，香远益清，沁人肺腑；极目远眺，远处绿意更为浓烈。诗人寓情于景，将春色中的绿草完美展现出来。说到美景，不得不提东晋文学家陶渊明的代表作《桃花源记》，其中有一句"忽逢桃花林，夹岸数百步，中无杂树，芳草鲜美，落英缤纷"，可以看到在陶渊明所想象的安乐之地中，草也是一个举足轻重的事物，桃花源自然风光的优美也代表了诗人对美好生活的向往。桃花源实际上并不存在，但是这一虚构的世界却能够让人找到一种安详和谐，激发人们的想象和心中的别样情感。这与西方的"Locus amoenus"其实有着一定的共同之处，本书译为世外田园，这里也是绿树成荫、鸟语花香并且拥有着牧歌田园般的风景。在维吉尔的牧歌中，牧人就生活在这里。

  试析了中国文学中的两个例子，那么在西方文学中有没有类似的富饶自由之地呢？答案当然是有的，这里试举两例，第一个就是意大利诗人以及人文主义者雅各布·桑纳扎罗的《阿卡迪

---

[1] 唐瑛：《草之吟——从草的意象看古代文人士子的心态变迁》，《西华师范大学学报》（哲学社会科学版）2004年第5期。

亚》。这是一部散文和诗歌交替的作品，讲述了主人公为了摆脱单相思的痛苦只身来到了牧人乐园——阿卡迪亚，他在这里与牧人一起生活，自由自在地迷醉其中。但一个可怕的梦促使他穿过一条黑暗的隧道回到故乡那不勒斯，在那里他得知了心爱之人的死讯。在阿卡迪亚，大的背景就是田园诗般的场所，既然是田园诗，那么对草的描绘自然必不可少，在第一首田园诗中，他写道："它的面积并不大，不过那里的芳草是如此的细，绿色是如此的深。只要淘气的母羊不用它那贪婪的牙齿吃草，我们随时都可以欣赏此地绿意盎然的景致……"可见阿卡迪亚同样是水草丰茂、引人入胜，完全可以被称作西方的"世外桃源"。第二处便是众所周知的亚当和夏娃的居所——"伊甸园"。伊甸园首先在文学作品中就被无数次描绘，如在《创世记》中就最先提到了这个地方：耶和华神在东方的伊甸立了一个园子，把所造的人安置在那里。这一圣洁之地也激发了后人的创作灵感，如在弥尔顿的《失乐园》中，夏娃"用鲜花、花叶和香甜的绿草装饰了她的婚床，天上的唱诗班唱起了祝婚歌"。可以说伊甸园中河流纵横清澈，草木繁茂，亚当和夏娃在那里过着无忧无虑、恬然自乐的生活。本书第一章的标题就是"初景"，那什么是初景？按作者的话来说就是世界最初的景象，也就是世界的起源，西方古代对阿卡迪亚和伊甸园的想象与描述，东方《诗经》中大篇幅对草的描述，都让我们发现在人类发源之初，草与人类生活与情感已经密不可分了。

以上可以看到，不论是在东方还是西方，理想自由之地总离不开草的身影，草可以让人放松、平静。可以说，草以它独特的外形和普遍的存在吸引了无数文人墨客的目光。我们之前谈到的是视觉的风景，但在文学中还有关于嗅觉的描写，草的馥郁芬芳让人留下深刻印象。例如，宋代祖无择就曾写过"松下门开入翠微，草香花气袭春衣"。这句诗将春天草与花的芬芳和浓郁表现得淋漓尽致。还有许多诗人将草香与春风联系在一起，微风吹来的不仅是温暖，也同样是草的香气。这里就不过多赘述。回到西方文学，本书就提到了许多草的香气，如在克洛德·西蒙的《草》中，女主人公闻到了沁人心脾的芳香，这种香气不是从绿草里散发出的，仿佛是从大地的中央散发出来；本书第八章提到的割草时节草所散发出的清香，古斯塔夫·鲁就写道："盛开的三叶草散发出甜蜜的气息，它的芬芳如丝般轻抚着你赤裸的肩膀。"还有干草的清香，书中提到科莱特曾说，"如果你六月经过收割过后的草原，圆圆的草垛就像是这个地区的沙丘，当你发现月光洒在这些沙丘上时，你会嗅到它们的芳香，敞开你的心扉"。干草被阳光晒过的香气"摆脱了青草的酸味，散发出一种淡淡的微妙甜味"（丹尼丝·勒当泰克）。这些香气除了能够给人心旷神怡之感外，在本书的第二章，作者还提到花草的芬芳能够让人回忆起他的旧日时光。这也是译者即将在第二部分谈论的主题——草与旧日时光。

二、草与旧日时光

说起旧日时光,那自然便是童年的光景,本书的第二章就讲述了记忆之草与童年。在我们儿时,相信大家都会回想起这些场景:对草地的体验,"割草的芬芳与难以忘怀的回忆",在草地上跑跑跳跳或是打滚,在田野里摘花嬉戏或者对生活在其中的"小世界"(蚂蚁、蟋蟀和甲虫)的沉思,这些都与构成最初场景的童年有着同样多的关联。例如,乔治·桑与牵牛花:"通过人人皆知的情感与记忆联系,当我每次闻到牵牛花的香气时,我总会回忆起西班牙的山峦和我第一次采牵牛花的道路边。但没有人可以解释这种联系。"坐在草地上深思的莫里斯·德·介朗也称童年的某些印记又浮现在脑海中。在黑塞的作品中,对于童年的回忆也和青草有着密不可分的联系。本书作者的童年正是在法国北部特有的树篱林地(Bocage)中度过,有人也将其翻译为树篱网络农田景观。树篱林地就是指在法国北部一种乡间特色绿地,它介于林地与草地之间,表示用树木围隔的牧场或草地。在法国诺曼底、布列塔尼和卢瓦尔河谷的部分地区,这种林地十分常见。从以上的例子可以看出,西方世界里小孩子与草的接触是十分频繁的。

在中国文坛中,也有许多回忆童趣的作家,鲁迅就是一位,在他的《从百草园到三味书屋》里有这样一段描写:

不必说碧绿的菜畦，光滑的石井栏，高大的皂荚树，紫红的桑葚；也不必说鸣蝉在树叶里长吟，肥胖的黄蜂伏在菜花上，轻捷的叫天子（云雀）忽然从草间直窜向云霄里去了。单是周围的短短的泥墙根一带，就有无限趣味。油蛉在这里低唱，蟋蟀们在这里弹琴。翻开断砖来，有时会遇见蜈蚣；还有斑蝥，倘若用手指按住它的脊梁，便会啪的一声，从后窍喷出一阵烟雾。何首乌藤和木莲藤缠络着，木莲有莲房一般的果实，何首乌有臃肿的根。有人说，何首乌根是有像人形的，吃了便可以成仙，我于是常常拔它起来，牵连不断地拔起来，也曾因此弄坏了泥墙，却从来没有见过有一块根像人样。如果不怕刺，还可以摘到覆盆子，像小珊瑚珠攒成的小球，又酸又甜，色味都比桑葚要好得远。

小孩子永远是充满好奇心的。"草园"被鲁迅称作"乐园"，本身就充满了童趣，作品即以这为中心进行展开。自然的形态，自然的情调，自然的声音，必然萌发起他们的兴趣，勾起无穷的联想。正如有人分析称，这里鲁迅调动自己和读者各种感官，使景物描写鲜活生动。那蝉的"长吟"、油蛉的"低唱"和蟋蟀的"弹琴"，是听觉；菜畦的"碧绿"、桑葚的"紫红"、菜花和蜂的"黄"，是视觉；覆盆子"又酸又甜"是味觉，从视觉、听觉和味觉出发，以孩子的视角，鲁迅笔下的百草园就如同是一个充满了颜色和声音的生命世界。鲁迅在百草园中描绘的就是儿童在自然里的极乐世界。虽然没有直接写到草对作者所激起的情感体验，但是通过鲁迅的描述，我们依然可以看见草在他童年记忆中的重要位置。

在童真的世界里，什么与孩子们可以走得最近？除了父母与玩具外，应该就属大自然了吧。而绿草又是大自然里最普遍同时生命力最为顽强的事物，相信孩子们和草的接触一定不会少。不过如今这样的接触也是越来越稀少了：工业化的脚步让越来越多的田地变成了工厂，城市化让许多孩子无法与大自然进行直接接触。虽然我们会发现如今人们越来越重视环保和环境，城市的绿色空间也是城市规划中的重点，但是这类的绿地与之前的绿地却有相当大的差别：从前人们可以在绿地上肆意行走，草自由生长，花草相映成趣；而如今的草地更像是放在博物馆的艺术品，只能让人在远处欣赏而无法切身感受。如果要问原因是什么，想必是现在的草地都更刻意，更加"脆弱不堪一击"，这样才需要将它们"保护"起来吧！所以，虽然绿草地越来越多，但是人们和它的接触并没有增多……

三、草与女性

无论是在东方和西方，草与女性都有着说不清道不明的复杂联系。江林昌就曾在一篇文章中指出,在原始花草意象中,除了生殖意象、美丽意象外,还有情爱意象。这三方面的意涵都对后世文学、艺术产生了深远影响。这一部分我们就来探讨草与女性的关联。

随着时代的发展,原始意象正在慢慢发生着改变,从最初的生殖崇拜逐渐转移到了女性的美丽上来:

> 在克里特岛出土的一件属于米诺斯文化(约前2000—前1400)的宝石雕刻上,刻着一露胸女性与一株三叉大叶树。迈锡尼文化遗址(约前1400—前1200)出土的戒指图案中,有女神在圣树下作巫术歌舞的情状。这些图案中的树木花枝,自然都是女性美丽的象征。在今天乌克兰首都基辅城外的第聂伯河旁,发现了属于东欧铜石并用时代的特里波利耶遗址(约前4000—前2250),其中出土的陶器中,有一件女性裸体陶像,其下身完全塑成了一片树叶的形状,以之代替女性的性器。无独有偶,在罗马尼亚史前文化遗址里,也同样出土有上身为女性裸体、下身为树叶状的陶像。[1]

中国的文字中也体现了女性与草木的关联,臧克和曾指出,

---

[1] 叶舒宪:《高唐神女与维纳斯》,中国社会科学出版社1997年版,第26、44、158、159页。转引自江林昌,同上,第55页。

在《说文解字》中许多以草木取类的字与女性美丽等有关:"如'桃'与'姚',两字均从兆得声,均有美好、艳丽义,而一从木,一从女。《诗》:'桃之夭夭。'毛传:'桃,有花之盛者。'《说文·女部》:'姚……从女,兆声。或为姚,娆也。'《荀子·非相》:'莫不美丽姚冶。'"[1]

从以上两个例子可以看到,早在几千年前,女性与草木就有关联,从女性的美出发,越来越多的作家开始将草与女性联合起来。并且一旦谈到美丽,那么爱情就一定少不了。女性在草中的曼妙身影和白皙的手脚定会让人浮想联翩。同时躺在草地中的男女也自然会生出情愫。本书的第十章就是探讨女人的嫩白双脚。例如,彼特拉克总结了他的夫人吸引他的优雅之处:"当美丽的白色双脚穿过鲜嫩的草地,迈着迷人而纯洁的步伐时,似乎当柔软的脚底触碰到土地时,它们就有力量使周围的花朵重生与绽放。"草地上留下的女子足迹让无数感性的诗人为之浮想联翩,同时一些女性的出现往往也是在草地中,《西罗亚》的女主阿丽亚娜是无声无息地出现在草原之中:"西蒙远远可以看到一条裙子在高高的草丛中轻轻晃动。细草热情、有活力、柔滑、纤细……她便像一个透明的物体,只留下一个发光的轮廓表明她的存在"。在整本书中,女主人都是带着神秘气息,仿佛是男主人公想象中存在的人

---

[1] 臧克和:《说文解字的文化说解》,湖北人民出版社1994年版,第2—33页。转引自江林昌,同上。

物一样。

　　就如同作者在书中提到"草地上的享受伴随着挑逗与特定的情感",草地不只是供人休憩的场所,同样也是男女之事的发生地。有了高高的草丛的遮蔽,仿佛人终于可以暂时脱下平日的面具,在其中放飞自我。柔嫩的青草、赤裸的肌肤和无法抑制的欲望,这一切都只能让人深陷激情冲动之中。例如,在莫言的《红高粱》中,"我奶奶"戴凤莲与"我爷爷"余占鳌就是在高粱地里进行野合。小说描写得很清楚:"奶奶和爷爷在生机勃勃的高粱地里相亲相爱,两颗蔑视人间法规的不羁心灵,比他们彼此愉悦的肉体贴得还要紧。"他们不仅是"感性生命"的两情相悦,更是"理性生命"的两颗反叛封建强迫婚姻之心的相通。而在西方,情爱画面也是相当多,试举一例。《查泰莱夫人的情人》的男女主人公并不是在直接在草地上干柴烈火,而是选择在木屋中交合,但是每次他们都会将植物放在对方的身体上,这种行为无疑揭示了两人的迷醉与狂热,并展现了一种类似天然的欲望。女主人公长期得不到抚慰,最终从守林人那里得到了满足。

　　写到这里,耳畔突然响起了一首美国女歌手玛丽亚·凯莉演唱的《星空之下》,和她其他的歌曲比,这首歌曲无疑显得小众不少,不过这首歌曲无论是编曲还是歌词都把人带到了仲夏夜的星空之下,一对男女在星空下的草地中,两颗年轻的心渐渐走到了一起……最后就附上部分歌词作为这节的结束吧:

夏夜，我们跑了一会儿

我们在天空下匆匆而行

到一个隐蔽的地方

没人能找到

我们到了另一种心境

想象我是你的，你也是我的

我们在黑暗中躺在草地上

在星光下

在星光下

柔弱的双膝裹在暖暖的微风中

我，那么害羞，一束蝴蝶

欲火焚身

处于自然的高处

当我们到另一个地方和时间

这种感觉是如此令人陶醉和崇高

我在黑暗中向你倾心

在星光下

年轻的爱

美丽而又苦乐参半

你靠近我

我慢慢地融入了你

> 但是时间过得飞快
>
> 我们依依不舍地道别
>
> 我们把秘密的地方远远抛在身后
>
> ……

"草"这个意象就是一个有深厚意蕴并且普遍的审美创造物。草,是绿色世界的重要组成部分;草,对人们的物质生活与精神生活有巨大影响。自人类产生歌咏以来,就有对草的唱叹。从上文我们就可以看出无论是在东方还是西方,草早已成为众多文学作品中的常客。沈继光在《草叶手帖》中提到:"历史告诉过我们,人类比草叶晚生了几个纪年,从儿时学步到现在,一直受到草叶花木的关照哺育。它们提供着清透的空气,充盈在每个角落,让我们尽情呼吸;它们捧出丰硕的水果和粮食,让我们解渴解饥;它们献出参天的树干,让我们营屋和造舟造车;它们在广袤的大地上搭起凉棚,让我们有憩息之所;它们还用自己的冠盖,变幻着绿色、金色、褐色……"本书作者阿兰·科尔班邀约人们重新行走在草所带来的感官之旅中:彼特拉克、卢克莱修、龙沙、马拉美、雨果、兰波以及美国的惠特曼,他们用自己的笔触写出了草所激起的情感体验。除了大量的文字,阿兰·科尔班还引用了许多著名的画作:丢勒、提香、乔尔乔内、乔治·修拉,等等。他们用画笔将草地以及人们在草地上的休憩定格下来,让读者也享受着视觉上的冲击与愉悦。除了以上的主题外,本书还介绍了在草中的遐想、凝视草地的绿色时所感受到的魅力,以及最终被墓地草坪的寂静所吞没时的情感。从古希腊与罗马,到中世纪文艺复兴,再到浪漫主义,最后来到 20 世纪,阿兰·科尔班从大量的文献资料中找出作家和画家对草的描绘,从而给人们展示了一巨幅画卷——草地上的人类情感体验。

希望在凛冽萧瑟的冬日中,本书能给各位读者带来草木的生之希望与情之慰藉!本书的翻译与出版得到了原作者阿兰·科尔班先生、中国社会科学出版社的各位编辑以及本人的老师、朋友的大力支持,在此特地向他们表示感谢。同时由于译者水平有限,译文和注释中的错漏在所难免,还恳请广大的读者朋友们批评指正。

付金鑫

2019 年 11 月于广州白云山